난 그 여자 불편해

최영미 산문집

난 그 여자 불편해

이미출판사

차례

1부-어떤 싸움의 기록

2부-인간은 스포츠 없이 살 수 없다

3부-어렵다고 생각한 일이 가장 쉽더라

1부

어떤 싸움의 기록

내 몸은 전쟁터

"난 그 여자 불편해. 자기만 그렸잖아. 리베라와의 관계도 평등하지 않았어. 남편을 얼마나 숭배하는지 그림에서도 다 보여."

프리다 칼로(Frida Kahlo)에 대한 S의 비판을 들으며 내 속이 불편해졌다. 자기도취적인 면도 있지만 그게 전부가 아니다. 프리다처럼 몸이 여러 차례 부서지고 병실에서 지내다 보면 자기를 오래 들여다볼 수밖에…. 칼로를 위한 변명이 내 입에서 나오려다 멈추었다. S와 전화를 끊고 프리다 칼로의 화집을 다시 보았다. 초상화가 압도적이지만, 칼로가 자신만 그린 건 아니다. 그녀 작품의 3분의 1가량이 자화상인데, 자화상이 너무 강렬해 다른 그림들이 묻혔다. 칼로가 스스로에게 도취했다? 우리 시대의 대중이 칼로의 이미지에 도취됐다.

1989년이던가. 홍익대 대학원 미술사학과에 입학하고 몇 달 지나 프리다 칼로라는 이름을 알게 되었다. 학교 밖에서 열린 공개 강의에서 어느 평론가가 멕시코 벽화운동을 소개했다. 6월 항쟁의 열기가 가시지 않은 때라 미술계에도 민중미술 바람이 거세어, 제3세계의 판화와 벽화가 관심의 대상이었다. 사회주의자도 아니지만 누구나 혁명을 말할 때였다. 아무데나 '민중'과 '운동'을 갖다 붙일 때였다. 늦깎이인 나는 학과 공부는 뒷전이고 어린 친구들과 여기 기웃, 저기 기웃 귀동냥에 열심이었다.

슬라이드를 틀어주느라 캄캄한 실내. 리베라(Diego Rivera), 시케이로스(Siqueiros), 오로츠크(Gabriel Orozco)의 거대한 벽화들 옆에 그녀의 얼굴이 보였다. 찌푸린 표정, 도도한 자세에 주렁주렁 장신구를 매단 여자가 리베라의 부인이며 트로츠키의 애인이었다고?

젊은 나는 그녀를 좋아할 수 없었다. 그러나 그녀의 이미지들은 강렬하게 각인되었다. 그 대단한 리베라의 벽화들은 세월 속에 잊혔지만, 프리다의 작은 캔버스는 살아남았다.

'내 몸은 전쟁터다' 선언하며 자신의 벗은 몸에 총을 관통시킨 여자. 웃는 프리다를 나는 본 적이 없다! 실물이 훨씬 예쁘다. 자신을 응시한 자화상보다 (애인이 찍은) 사진 속의 프리다가 더 매력적이다. 머리부터 발끝까지 치장하고 숄을 두르고 앉은 프리다. 긴 치마 밑으로 살짝 펌프스(발등이 드러나는 여성용 구두)가 보이는데, 꽤 높은 하이힐 아닌가. 놀라며 나는 프리다 칼로를 이해했다.

화장하고 매니큐어를 바르고 그림을 그리는 동안만 그녀는 고통을 느끼지 않았을 게다. 그래서 살아있는 날들을 그토록 화사하게, 불구의 다리에 높은 구두를 신고 카메라 앞에 섰으리. 목의 주름은 물론 자신의 상처를 낱낱이 열어 보인 그림을 보고 불편함을 느끼든 연민을 느끼든 간에, 그녀는 우리를 도발해 말을 하게 한다. 글을 쓰게 충동한다. 프리다처럼 사랑하지 않고, 열심히 쓰지 않고 그동안 뭘 했니 너는? 늦은 밤, 자지 않고 나는 스스로를 탓했다.

(조선일보, 2015년 6월)

진실을 덮을 수 있을지

대한민국 법원에서 보낸 특별송달을 받고 벌써 나흘이 지났다. 7월25일 아침에 치과에서 진료를 보고 집에 돌아와 쉬는 중이었다. 재앙에 가까운 더위를 견디느라 차가운 음료와 아이스크림을 먹었더니 잇몸에서 피가 났고, 마취를 6번 해야 한다는 동네 치과가 무서워 좀 멀지만 4번으로 때울 수 있는 대학병원 치과를 찾은 것이었다.

간단한 진료였지만 의사가 바늘로 여기저기 찌를 때는 아파서 큰소리를 질렀다. 잇몸에 당장 마취하고 치료를 하겠다는 의사에게 나는 말했다. 오늘은 곤란하다. 오늘은 아까 잇몸을 찔렸던 고통만으로도 충분하다. 굵은 마취주사 바늘을 상상만 해도 끔찍해, 더위가 지난 뒤로 예약을 미루고 병실을 나왔다.

집에 돌아와 오후 1시쯤 되었나. 현관 벨이 울려 나가보니 우체부 아저씨가 봉투를 내밀었다. '법원'이라는 글자를 보니 가슴이 뛰었다. 봉투를 뜯어 처음 몇 페이지, 원고 피고 청구취지 뒤에 적힌 금액을 확인하고 나는 소장을 덮었다. 더 읽고 싶지 않았다. 손해배상 소송을 확인하고 내가 처음 한 생각 '아침에 잇몸수술 안 하길 잘했네' 마취에서 깨어나 피곤한 몸으로는 더 감당하기가 힘들었겠지.

원고 고은태의 소송대리인 법무법인 덕수의 김 변호사는 유명한 인권변호사다. '덕수'라는 이름에 주눅이 들었던가. (덕수는 '민변' 즉 민주사회를 위한 변호사 모임의 핵심이며, 이석태 헌법재판관은 덕수의 대표 변호사였고, 훗날 여성가족부 장관이 된 진선미도 덕수의 변호사였다.) 최초의 충격이 가신 뒤에 후배 변호사의 전화번호를 눌렀다. 지방출장 중인 그로부터 "이 사건은 대법원까지 간다. 소송이 3년은 걸릴 것"이라는 말을 들었다.

내가 왜 싸울 가치도 없는 인간과 싸우느라 내 인생의 아까운 3년을 낭비해야 하나. 그 뻔뻔한 위선자가 오래 써왔던 가면을 벗기는 일을 내가 왜 해야 하나. 요양병원에 누운 엄마를 돌보며 하루하루 사는 것만도 버거운데. 마침 여름 휴가철이어서 이 글을 쓰는 일요일까지 난 변호인단 구성을 마치지 못했다.

분노와 막막함이 지나가니 전투의지가 솟는다. 재미있는 재판이 될 것 같다. 그 대단한 인권변호사들의 실력을 한번 보고 싶다. 법률용어로 진실을 덮을 수 있을지.

(농민신문, 2018년 8월)

뜨거웠던 여름

그 뜨거웠던 여름에 손해배상 청구소송 말고도 내 속을 태운 일이 또 있었다. 재판 준비하랴 바쁜데 동생으로부터 카톡 문자가 왔다.

"왜 뜬금없이 다음(Daum)에 최영미를 검색하면 ○○란 남자가 언니 남편이라고 뜨는지 모르겠군."

내가 전혀 모르는 사람인데.

이건 또 뭐야?

검색창에서 연관 검색어로 뜬 "최영미 시인 남편 ○○"를 보고 내 속이 뒤집어졌다. 예전에도 인터넷에 나에 관한 허위사실이 떠돌아 그걸 고치느라고 무지 고생한 적이 있다.

법정에서 괴물과 싸워야 하는데, 내 신상에 관한 사소한 거짓과 싸울 에너지가 내게 있을까. 포털에 들어가 최영미란 이름의 동명이인 시인이 두 명이나 있다는 사실을 발견하고 헛웃음이 나왔다. 그 두 명의 '영미' 중 한 명의 남편이 ◯◯인가? 다음 고객센터에 신고하려니까, 본인을 확인하는 절차로 희미한 문자와 숫자들이 뜨는데 잘 보이지 않았다. 로그인에 실패하고 고객센터로 이메일을 보냈다.

"삭제요청 관련 검색어 : 최영미 시인 남편 ○○

-신고사유 : ○○는 최영미 시인과 결혼한 적도 없고 아무 상관이 없는 사람입니다. 누군가 잘못된 정보로 ○○씨가 최영미 남편이라고 블로그에 올린 게 원인인 것 같습니다. (후략)"

인터넷과 씨름한 그날 밤에도 잠을 잘 잤다. 토요일 저녁에 서울역사박물관 앞에서 열린 미투(Me Too) 집회에 나가, 준비한 연설문을 절반만 읽었다. 안희정 무죄 판결에 분노하는 대중에게 무슨 긴 말이 필요하겠는가. 분위기를 파악하고 나는 외쳤다.

"정의는 끊임없는 투쟁입니다. 우리 다 함께 끝까지 싸워서 새로운 정의를 만듭시다!"

정의를 바로 세우기 전에, 나에 관해 포털에 떠도는 헛소문부터 바로잡고 싶다. 부디 이 글을 읽고 잘못된 검색어를 삭제해주시길….

(농민신문, 2018년 9월)

내가 널 왜 지금 먹니?

오늘도 별일 없이 바빴다. 요양병원에 있는 어머니에게 준비해간 음식을 드리고 마을버스를 타고 집에 돌아와 좀 쉬었다. 싱크대에 쌓인 설거지 그릇들을 노려보다 두부부침이 프라이팬에서 '날 좀 잡숴주세요. 주인님' 하며 부르는데도 모른 척, (내가 널 왜 지금 먹니? 밖에 나가면 더 맛난 것 투성인데…) 벌떡 일어나 갈비탕 집으로 향했다.

내가 요즘 자주 찾는 ㅅ식당의 문을 들어서니 손님이 없이 한적한데, 아주머니 혼자 날 반긴다. 4시나 되었나. 브레이크 타임은 없지만 (브레이크 타임이 있는 식당에 난 가지 않는다) 쉬는 시간에 밥 내놓으라 하기 미안해 "지금 식사 되나요?" 물어보고 자리에 앉았다. "그럼요." 맨날 이 시간에 오면서, 단골손님이 뭘 그런 걸 물어보냐는 아주머니의 속내를 읽으며 창가에 앉았다.

"갈비탕이요"

주문하고 5분 만에 따끈따끈한 탕과 반찬들이 식탁 위에 올라온다. 가지무침을 보며 입맛을 다신다. 아, 이 맛에 외식을 하지. 갈비탕에는 원래 김치와 깍두기만 나오는데, 단골손님인데다 식사시간을 놓치고 늦게 오는 날 딱하게 여겨서인지 내가 좋아하는 가지무침이며 전을 따로 챙겨주니, 다시 안 오고 싶겠는가. 오늘따라 고기도 하나 둘… 다섯 토막이나 얹어 주셨네. 고기가 통통하게 달라붙은 갈비 뼈다귀를 손으로 쥐고 물어뜯다가도 나는 재판 생각을 했다.

무더운 여름날 난데없이 법원에서 날아온 소장을 받고, 앞만 슬슬 훑다가 더 읽기 싫어 한구석으로 치워놓고, 싸움이 시작됐으니 밥이나 먹어야겠다고 페이스북에 글을 올린 뒤에, 바로 그날 오후에 내가 찾아간 식당이 이곳이었다. 물냉면을 먹었지 아마. 그리고 며칠 뒤, 느지막한 오후에 또 물냉면을 먹으려는데, 모르는 여성으로부터 귀중한 제보전화가 걸려왔다. 나처럼 그 원로시인에게 성추행을 당한 피해자였다. 이상하게 이 식당에 앉아 있으면 재판에 도움이 되는 전화를 많이 받았다. T의 전화도 여기서 받았다. 최 시인이 재판에 지면 안 되겠다고 생각해 알려준다며 내게 아주 쓸모 있는 정보를 제공했다.

식당 아주머니들도 날 응원하며 각별히 챙겨주시는데, 내가 재판에서 질 리가 없지. 아무렴.

고기 국물에 적셔 밥 한 공기를 다 비웠는데도 배가 고파서, 배가 고프다기보다 입맛을 돋우는 반찬을 보고 숟가락을 놓기가 아쉬워, 밥 한 공기를 더 시켜서 가지무침과 김치를 얹어 먹었다.

집에 돌아와 배가 꺼지기를 기다리며 변호사들에게 이메일을 보냈다. 훌륭한 변호사들을 만난 것도 나의 행운. 하늘이 주신 선물로 알고 감사하며, 나처럼 예민한 의뢰인을 만나 준비서면의 구두점 하나를 다시 찍느라 고생하시는 그분들에게 미안하다고 말하고 싶다.

(농민신문, 2018년 11월)

어느 신년 모임

다사다난했던 2018년이 가는구나, 감회에 젖을 새도 없이 새해가 시작되었다. 재판 준비하느라 몸과 마음을 소진하다 정신을 차려보니 새해가 다가왔다. 갑자기 오빠를 잃은 친구 C를 위로할 겸, 장례식을 치르느라 생일축하도 받지 못한 C의 생일상을 뒤늦게 차려줄 겸, 신년회도 할 겸, 카톡으로 약속을 잡았다. 기계치인 나는 몇 년 전만 해도 카톡이 뭔지도 몰랐는데, 어느새 페이스북과 카톡이 없으면 살지 못하는 중독자가 됐다. 2012년 강원도 춘천에서 수도권으로 이사 오며 스마트폰을 처음 사고, 친구의 강요로 카톡을 깔았다.

사람들이 내가 서울로 이사 온 걸 어떻게 알고 이때다 싶게 강의 청탁이 몰리는지, 신기했다. 글을 짜내는 것보다 대중들 앞에서 문학과 미술 이야기를 풀어내는 강의시간이 더 재미있었고 보람도 느꼈다.

C의 신년모임 문자를 주고받은 카톡방도 2016년 창비학당에서 '시가 있는 서양미술사' 강의를 하며 열었었다. 한동안 연락이 끊겼던 친구들도 내 강의를 들으려 날 찾아왔고, M은 시를 좋아하는 자신의 고향친구 C를 데리고 와 내게 소개했다. 시인의 강의를 통해 알게 된 네 명의 여자와 한 명의 남자는 그 뒤에도 만남을 이어갔고, 카톡방도 열고 가끔 만나 술을 마시며 이런저런 이야기를 나누는 사이가 됐다.

등촌역 근처 식당으로 가는 버스에서 선 채로 흔들리며 나는 오늘 저녁엔 C가 주인공이니 내 재판 이야기는 꺼내지도 말자고 다짐했다. 식당에 들어서 앉자마자, C에게 생일선물을 건네고 3분도 되지 않아 금방 구운 고기를 상추 잎에 싸 먹으며 내 입에서 그놈의 '재판'이 튀어나왔다.

"원고 쪽 증인이 글쎄, 내가 뜨고 싶어서 (성추행 당했다고) 거짓말을 꾸민 거래. 내가 뜨고 싶었으면 더 많이 언론에 노출되었겠지. 근데 재판은 증거로 싸워야 해. 그래서 인터뷰를 거절한 문자들을 캡처해 증거로 제출했어. 세무서에서 소득금액증명원도 떼서 증거로 제출했어. 나도 생활할 만큼 충분한 소득이 있음을 증명하려. 이런 것까지 시시콜콜 증명해야 되니 치사하고 더러워."

2층으로 자리를 옮겨 수제 맥주를 마시고 프레디 머큐리에게 바치는 '헌정 라이브'를 듣는데 누군가 "야, 눈이다" 소리쳤다. 창밖을 내다보니 정말 하얀 눈이, 내 마음처럼 삐딱하게 내려치는 눈발이 날리고 있었다. 환갑이 내일모레인 우리는 순간 시려지는 가슴을 다독이다 밤이 깊어 헤어졌다.

(농민신문, 2019년 1월)

출판사 등록

기계음을 싫어했는데, 주문을 알리는 서점의 팩스 소리가 사랑스럽게 들린다. 사람이 이렇게 달라질 수 있나. 기계 싫어하고 컴퓨터 싫어하고, 숫자 세기 싫어하던 내가 매일 내 손으로 수량과 비율을 입력해 거래명세서를 작성한다. 인터넷 뱅킹도 하지 않던 기계치가 국세청 홈택스에 접속해 계산서를 발행하다니. 전자계산서를 처음 발행한 날, 믿기지 않아 보고 또 보았다. 0이 제대로 붙었나를 확인하느라 뒤에서부터 '일 십 백 천 만'을 셌다.

내가 처음 발행한 계산서의 '공급받는 자'는 집 근처의 ㄱ책방이었다. 1쇄를 받은 다음날 저녁, 시집 『다시 오지 않는 것들』 10부를 들고 가 5부를 팔았다. 디자이너가 이메일로 보낸 본문 1교지를 인쇄하지 못해 속을 태우다 (한글도 pdf도 아닌, 이상하게 생긴 파

일이었다) '젊은 사람들은 이런 걸 잘할 텐데 누구 없을까?' 퍼뜩 젊은이들이 운영하는 동네 서점이 떠올라 노트북을 들고 가서 긴급도움을 청했고 5분 만에 문제를 해결했다. 교정지를 출력하지 못하면 책이 나올 수 없으니, 책방ㄱ은 내겐 너무 고마운 곳. 맑은 얼굴의 책방지기에게 거래명세표를 내밀며 공급률을 말하던 나는 이미 사업자였다. 동네 책방에만 직접 책을 배달하고 다른 서점들에는 배본사를 통해 책을 보낸다.

배본사가 깔아준 프로그램에 들어가 거래명세서에 입력하기가 물론 쉽지 않았다. 처음 일주일은 아침마다 프로그램 기사에게 전화해 도움을 청했는데, 한 번도 불평하지 않고 친절히 응해준 기사님이 어찌나 고맙던지. 남들은 5분이면 할 일을 나는 50분 걸려 겨우 해냈다. 남들은 은퇴를 앞둔 나이에 새로운 일을 시작하는 나를 말리며 "언니는 동시에 두 가지 일을 못하는데 출판사를 운영하면 시를 못 쓰지 않나?" 걱정하던 지인도 있었다. 내 몸의 피를 전부 바꾸는 듯한 고통을 견디며 나는 시인에서 사업자로 변모했다.

결국 이렇게 될 운명이었나. 1992년 등단한 뒤 나는 각각 다른 출판사에서 5권의 시집을 펴냈다. 누군가에게 내 책을 사서 주고 싶은데, 시집들이 여기저기 흩어져 서점에서 내 책을 찾기가 힘들었다. 내가 출판사를 차리면 시집들을 한 곳에 모을 수 있지 않나.

2018년의 '미투' 이후 내 이름은 뜨거운 감자가 되었다. 새 시집을 내고 싶은데 선뜻 나서는 출판사가 없었다. 2018년 여름에 어느 문학전문 출판사에 시집 출간을 제안했는데 답이 없었다. 이러이러한 이유로 못 내주겠다는 말도 없이 퇴짜 맞은 뒤, 뒤늦게 나는 사태를 파악했다. 아, 나는 이제 이 바닥에서 끝났구나. 문단권력을 비판한 나를 그들은 좋아하지 않으며, 나와 싸우는 원로시인의 책을 펴낸 출판사들은 내 시집을 내기가 부담스러운 게다.

그럼 내가 내야겠네. 그래서 출판사 등록을 하게 되었다. 내 책을 내가 만들면 여러모로 편리하다. 내 맘대로 제목을 정하고 편집과 디자인은 물론 신간안내도 내가 원하는 내용을 담을 수 있고, 시를 고치고 싶으면 출판사에 부탁하지 않아도 언제든 수정이 가능하다. 배송이나 영업이 걱정되었지만 닥치면 하겠지, 내 자신을 믿고 일을 저질렀다. 드디어 시집이 나와 기쁘다. 얼마나 팔리든, 결국 해내었다는 성취감만으로도 나는 이미 보상받았다.

(『아이즈ize』 2019년 7월)

그녀를 위한 변명

"대중과 언론은 맨 앞에 선 사람들만 기억한다. 그러나 뒤에서 이들을 밀어준 사람들이 없었다면 대오는 한 발짝도 전진하지 못했을 터. 역사 속으로 사라진 사람들, 그때 그 시절에는 묻혔던 작은 목소리들을 복원해 또렷이 되살리고 싶었다."

소설 『청동정원』 개정판 뒤에 덧붙인 '작가의 말'에 나는 이렇게 썼다. 40년이나 지났지만 내 속에서 아직도 생생하게 살아있는 그때 그 시절을 되살리려 무진 애를 썼다. 1980년대를 모르는 2020년의 젊은이들이 많이 읽기를 바랐는데 이번에도 내 계산이 틀렸다. 내 소설의 독자는 50대와 60대가 압도적이다. 젊은이들은 80년대에 식상해 관심이 없나 보다.

독자들의 반응은 엇갈렸다. "한국에서 쓰인 소설들 중 이토록 멋지고 역동적이고 눈을 떼기 어려운 모험담을 읽어본 적이 없다"는 과분한 칭찬도 있었지만 거북한 말도 들었다.

"주인공 애린이 너무 순종적이야. 왜 그런 (폭력적인) 남자에게서 벗어나지 못하고 결혼까지 했어?" 후배의 비판이 오래 가슴에 남았다. 80년대 끝자락 학번인 그녀에게 "그게 이해 안 되니? 그럼 네가 운이 좋은 줄 알아. 너희 부모님에게 감사해라"라고 말하며 나는 전화를 끊었다.

대학에 들어와 여자 선배들에게 페미니즘을 배웠지만, 유난히 순종적인 어머니 밑에서 자란 애린은 자신의 머리와 가슴을 통일시키지 못한다. 여자 선배들이 주입시킨 여성해방론은 "동혁이랑 몸을 섞었으니 결혼해야 한다"는 엄마의 '책임론' 앞에서 힘을 쓰지 못했다. 의존적이고 순해터진 문학소녀가 자신의 목소리를 내는 작가로 성장하는 과정을 다루며 나는 나를 이해했다.

나는 애린처럼 순종적인 여자는 아니었지만 갈피마다 내 입김이 들어간 소설. 『청동정원』을 읽으면 왜 나처럼 모자란 사람이 미투를 할 수밖에 없었는지 알게 되리라. 페미니즘은 글로 배운다고 바로 체득되는 게 아니다. 한국처럼 봉건적인 잔재가 강한 사회에 사는 여성들 누구도 시대로부터 자유롭지 못하다.

이념과 현실의 갭이 너무나 커서 애린은 비틀거렸고, 추락했다 다시 살아났다. 밑바닥까지 내려간 그녀가 의지한 것은 책이었다. 그녀처럼 남편에게서 학대당했던 여성들의 "나는 나"라는 외침. 콜론타이나 전혜린처럼 앞서간 여성들의 삶이 큰 힘이 되었다. 나도 그녀처럼 되고 싶어. 나는 그녀처럼 자의식 과잉의 지적 속물이 되지 않을래. 나혜석처럼 행려병자로 생을 마감하지 않으려고 나는 출판사를 차렸다.

요즘 내 발등에 떨어진 가장 큰 일은 어머니 돌보기다. 수술 뒤 혼자 일어나 걷지 못하는 어머니를 운동시키고 먹이고 씻기고 기저귀 갈기. 병원에서 돌아와 늦은 점심을 먹고 나면 심신이 피곤해 글 한 줄 쓰기 힘들다. 국어교사 자격증이 있는데도 아버지의 반대로 교단에 서지 못한 내 어머니. 그 어머니의 한이 딸들에게 전해져, 그 어머니의 알 수 없는 모순이 내게 전해져 또렷한 목소리로 나는 말할 수 있었다. 이제 더는 못 참겠다고.

(헤럴드경제, 2020년 10월)

최선의 눈사람

"최선의 정치란 훌륭한 정치를 하고자 하는 바람을 가지고 의도적으로 일을 벌이는 것이 아니다. 최선의 정치는 순리를 따르는 데서 이루어진다."*

-김시습(金時習)

조선시대 문인이며 방랑시인이었던 김시습의 산문을 재미있게 읽었다. 최초의 한문소설이라는 「금오신화」는 너무 관념적이라 재미가 없어 읽다가 그만두었지만, 김시습의 산문은 생동감 넘치고 진실하며 당대의 삶을 구체적으로 반영하고 있었다.

어린 시절 신동으로 이름을 떨치다 임금의 총애를 받았으나 어이어이 하여 시대와 타협하지 못하고 떠도는 삶을 살다간 불행한

지식인. 버림받은 시인이 동서고금에 어이 한둘이겠냐마는, 그의 산문은 정직함의 깊이가 특별했다. 세속의 부귀를 멀리하고 청빈을 선택했다지만 한때 그도 안온한 삶을 꿈꾸었다. 그의 재능과 사람됨에 반한 혹은 그의 처지를 동정한 세도가들이 그를 위해 마련한 작은 벼슬을 마다않고 정착했다, 벼슬과 소유에 필연적으로 따르는 귀찮은 일에 염증을 느껴 떠나는 장면이 인상적이었다. 어디에 얽매이기 싫으면서도 누군가에게 발견돼 자신의 생각과 포부를 펼치기를 간절히 원했던 그 마음을 알 것 같다.

정치에 뜻이 없는 사람이 그처럼 열심히 당대의 정치를 비판할까. 정치에 아예 관심이 없으면 비판의 열정도 식기 마련 아닌가. 김시습이라는 걸출한 교양인의 내면을 분석하는 게 원래 내 글의 의도는 아니었다.

내가 눈 오는 일요일 아침에 하고 싶은 말은 '순리(順理)'였다. 너무 시끄럽게 일을 벌이지 마라. 시끄럽고 독하게 마치 댐 공사하듯 밀어붙이지 말고 겨울이면 눈이 오듯 아주 당연하고 쉽게, 개혁을 하는지도 모르게 개혁을 하시라.

어느 아침에 일어나보니 눈이 내렸듯이 때가 되면 세상은 변한다. 내 글을 읽으며 불편해하는 사람들이 있을 것이다. 글을 끝내기도 전에, 쓰기 전부터 그들의 시선이 느껴져 나도 불편했다. 맹

목적으로 누구를 지지하거나 비난하는 사람들. 사랑과 증오로 흐려진 눈을 가진 사람들.

나는 남의 눈치 보는 거 싫어하는데 자기검열을 하느라 편하게 잡문도 쓰지 못하는 세상이 되었다. 노무현 정권 때 신문에 한두 번 정부를 비판하는 칼럼을 쓰면서 나는 독자의 반응을 염려하지 않았다. 요즘 정치적인 메시지가 담긴 글을 쓰려면 때로 목숨을 걸어야 한다. 누구의 눈치를 봐서가 아니라, 그들의 심기를 건드려 귀찮은 일이 생길까봐 바른말 하기가 힘들어졌다.

귀찮은 일에 휘말리기 싫어 침묵하는 사이에, 침묵을 강요당한 사이에 우리 사회 표현의 자유가 많이 후퇴했다. SNS를 통해 감정과 생각들이 빠르게 전파되어 갈등이 더 심화되었다.

아침에 일어나보니 창밖이 하얗다. 가슴이 뛰었다. 분리수거와 청소 따위의 집안일을 마치고, 마트에서 장을 보고 돌아오는 길에 엘리베이터를 타려다 아파트 복도에 방치된 작은 눈사람을 발견했다. 반쯤 녹아내렸지만 지푸라기인지 나무막대인지가 얼굴에 꽂힌, 대충이 아니라 제대로 만들려 노력한 흔적을 보자 기분이 좋아졌다. 요새 아이들도 눈사람을 만들며 노는구나. 세상이 아주 망하지는 않겠다.

(헤럴드경제, 2020년 12월)

진실이 너희를 자유롭게 하리라

여기 두 사람의 가해자가 있다.

한 사람은 60대의 공무원, 어느 여름날 그는 사라졌다. 실종된 지 얼마 지나지 않아 등산복 차림의 그가 서울의 어느 등산로에서 발견되었다는 소식이 들려왔다. 그가 어떤 방식으로 세상과 이별했는지, 왜 죽어야 했는지 나는 우리는 알 수 없었다.

그가 왜 어느 날 갑자기 카메라 밖으로 사라졌는지 그의 가족과 친구들은 알까? 자신의 상관이 왜 사라졌는지 안다고 말한 비서가 있었던가? 그가 남긴 마지막 글, 그의 유언이라고 추정되는 쪽지는 이렇게 시작한다. '모든 분에게 죄송하다.'

뭐가 죄송한데? 없다. 아무런 설명도 없다. 아무런 사과도 변명도 없다. 피해자에 대한 사과는 한 마디도, 한 글자도 없다. 그냥 죄송한 그는 사실관계를 확인해 주지 않았다. 서울 시정을 책임졌던 사람이 왜 그렇게 급하게 충동적으로 일을 저질렀는지? 우리는 영원히 알지 못할 것이다. 그의 모든 것은, 그의 최후는 소문과 신비에 싸여있다.

죽을죄는 아니지만 그는 잘못을 범했다. 그는 죽었다. 그의 죽음은 끝이 아니라 시작이다. 그의 죽음을 끝이 아니라 시작으로 우리는 만들어야 한다. 우리는 알아야 한다. 우리는 알 권리가 있다. 서울 시민들은 서울시장이 왜 자신들을 버렸는지 알아야 한다.

여기 그와 다른 가해자가 있다.

어느 정당의 대표인 그가 무슨 짓을 했는지 우리는 안다. 그가 언제 어디서 누구에게 추한 행동을 했는지 우리는 안다. 그가 그녀에게 무슨 잘못을 했는지 우리 모두가 알 수 있게 글로 써서 자신의 입장을 발표했다. 간결하고 정확한 언어로 그는 머리 숙여 피해자에게 사과했다. 당원과 국민 여러분에게도 깊은 사과의 말을 남겼다. 시간과 장소를 특정해 1월 15일 저녁 여의도에서 차량을 기다리며 자신이 그녀에게 무슨 잘못을 했는지를 밝히고, 당기위원회에 자신에 대한 '엄중한 징계를 요청'하기까지 했다. 1페이지 남짓한 그의 입장문에는 '사죄'라는 단어가 4번, '죄송'이 2번 등장한다. 그는 자신의 잘못에 책임을 졌다. 어떤 변명이나 자기

연민도 없는 충분한 사과였다. '정의'라는 이름을 내세운 정당에서 일어난 이 사건은 내게 충격이었지만, 충격의 시간이 지나 그의 입장문을 읽은 뒤 나는 안도했다.

이 사건은 우리 사회에 성추행 문화가 얼마나 뿌리 깊게 도사렸는지를 말해준다. 머리로는 페미니즘을 받아들이지만 한국 남자들 의식의 깊은 곳에는 여성을 동등한 인격으로 인정하지 않는 가부장적이고 봉건적인 잔재가 남아있다. 남녀칠세부동석과 같은 유교적 가치관, 오로지 입시에만 매달리는 교육도 성범죄를 부추긴다. 사춘기에 자유롭게 남녀 교제를 하지 못해 성인이 되어서도 여자를 어떻게 대할지 모르며 왜곡된 방식으로 욕망을 해결한다.

21세기 IT 강국인 한국. 초고속 성장의 시계 밑에서 일벌레가 된 남자들은 삶을 즐길 줄 모른다. 포르노만 있지 건강한 에로티시즘은 실종된 사회. 성공한 한국 남성들의 상당수가 돈과 권력 그리고 섹스가 아닌 인생의 즐거움을 알지 못한다.

성폭력은 한 개인의 일탈이 아니라 공동체 전체가 책임져야 할 문제다. 그가 속한 조직만의 잘못이 아니라 (사건을 막지 못한) 우리 모두가 반성해야 한다. 다른 정당에서는 성추행이 없었을까? 다만 드러나지 않았을 뿐이다. 다들 쉬쉬하고 덮으려는 사건을 공개하고 공식적으로 사과한 정의당에서 나는 오히려 희망을 본다.

어떤 신비도 비밀도 도피도 없는 그의 진정 어린 사과에서 나는 희망을 보았다. 그는 비겁했던 전직 시장과 달리, 자신의 잘못을 무겁게 받아들이고 한 발짝도 도망가지 않았다. 어떤 모호한 말도 하지 않았고, 누구에게도 책임을 전가하지 않았다. 그는 다른 사람을 속였을지언정 자신을 속이지는 않았다.

두 사람의 가해자가 있었다. 산속으로 사라진 사람과 국민 앞에 머리 숙여 사과한 사람. 누가 더 어른다운 어른인가. 어떤 책임도 지지 않으려 죽음으로 도피했던 박원순은 비겁했고, 김종철은 정직했다고 나는 말하고 싶다. 성추행을 범했을지언정 김종철은 거짓말을 하지는 않았다.

여기서 우리는 다시 시작해야 한다.

여기 두 사람의 피해자가 있다.

우리는 그녀의 이름을 모른다. 그녀의 이름은 중요하지 않다. 그녀에게 얼굴을 보여 달라고 요구하는 것은 폭력이다. 그 이름을 알려고 하지 말자.

여기 또 다른 피해자가 있다. 그녀는 현직 국회의원이다. 우리는 그녀의 이름과 얼굴을 안다. 그녀에게 그날의 모든 것을 말하라고 요구하지 말자. 그녀는 모든 것을 말할 의무가 없다.

그녀들은 닮았다. 성폭력 생존자인 그녀들은 정직하고 용감했다. 상처를 직시하고 스스로를 치유하기 위해 그녀들은 세상 밖으로 나왔다. 말해야 자유로워진다. 진실이 너희를 자유롭게 하리라.

(『시사저널』 2021년 1월)

말의 힘,
시의 힘

미국 조폐국이 마야 안젤루(Maya Angelou)가 새겨진 25센트 동전을 발행한다는 뉴스를 들었다. 선구적인 여성들의 업적을 기념하기 위한 '미국 여성 쿼터 프로그램 American Women Quarters Program'의 일환인데, 마야를 시작으로 여성을 모델로 5개의 동전이 나올 예정이다. 마야 안젤루는 미국의 흑인 여성들이 가장 존경하는 시인이며 오프라 윈프리의 멘토였다. 버락 오바마 전 대통령의 여동생 이름이 마야인데, 마야 안젤루의 이름을 본떠 지은 거라고 한다.

1993년 클린턴 미국 대통령 취임식에서 축시를 낭송하며 마야 안젤루의 이름이 세계에 알려졌다. 1990년대 말, 캘리포니아의 서점에서 마야 안젤루의 책을 처음 보았다. 매대 한가운데 '취임식 시'라는 팻말 밑에 하얀 표지의 작은 시집들이 쌓여있었다. 양장본 시집 『On the Pulse of Morning』을 들춰보며 나는 놀랐다. 달랑 시 1편으로 시집을 만들다니! '취임식 시'라는 희소성, 흑인 여성시인에 대해 알고 싶다는 마음에 지갑을 열었다. 그녀의 시집뿐만 아니라 산문집도 사서 비행기 안에서 읽었다.

한국으로 돌아와 마야 안젤루의 시 전집을 주문했고 그녀의 시 두 편을 번역해 훗날 나의 산문집에 소개했다. 출판사 관계자들에게 마야 여사의 책을 번역·출판하라고 압력을 가했고, 마침 어느 출판사에서 마야 안젤루의 자서전 『I know why the caged bird sings』(지금은 절판된 이 책의 한국어 제목은 '아칸소는 깊은 생각에 잠겨있다')를 출판한다며 내게 추천사를 부탁했다. 한국에 처음 소개되는 마야의 책에 내 이름을 얹는 영광을 누리다니. 번역 원고를 읽으며 그녀의 이야기에 빠져 밤을 새웠다. 고통스러운 과거를 천연덕스럽게 풀어나가는 재능에 나는 반했다. 어릴 적 부모가 이혼해 짐짝처럼 기차에 태워져 아칸소의 할머니에게 보내지는 장면에서 시작해 여덟 살에 엄마의 남자친구에게 당한 성폭행, 이후 실어증으로 말을 하지 않던 마야는 책으로 도피했다.

그녀가 실어증에 걸린 계기가 독특하다. 성폭행 사실을 어렵게 오빠에게 말한 뒤 가해자를 고소했지만, 가해자는 단 하루를 감옥에서 살고 풀려났다. 석방되고 일주일도 되지 않아 그는 안젤루의 삼촌들에게 살해되었다. 가해자가 죽은 뒤 마야는 자신의 '말'이 사람을 죽였다고 생각해 말하기를 거부하며 5년간 침묵의 감옥에 갇혀 지낸다. 어린 마야는 독서와 시를 통해 위로받았고 자신을 둘러싼 세계를 관찰하고 분석하는 능력을 키웠다. 눈으로만 시를 보던 마야는 어느 교사에게서 "시를 소리 내어 읽지 않으면 너는 시를 사랑하지 않는 거다"라는 말을 들은 뒤 다시 말하기 시작했다. 시의 힘, 말의 힘이 정말로 대단하다.

그녀처럼 불안한 유년을 보낸 내게도 시가 위로이며 도피였다. 국민학교 2학년이던가, 교가를 배우다 선생님에게서 '돼지 멱따는 소리 내지 말라'고 혼난 뒤 나는 음악시간에 입을 열지 않았다. 노래를 빼앗긴 나는 시를 읽었다. 등·하교 길에 시를 외우고 뒷동산에 올라가 나풀나풀 춤도 추었다.

인종과 피부색을 떠나 세계의 여성들에게 마야 안젤루는 영감을 주는 원천이다. 그녀의 자서전을 읽고 나도 내 이야기를 해야겠다는 결심을 했고, 오래 뜸들였던 장편소설 『흉터와 무늬』를 완성했다. 이름 없는 고통에 이름을 붙여주며 나는 새장 밖으로 나왔다. 새는 답을 알고 있어 노래하는 게 아니다. 새는 새장 밖으로 나오려고 노래한다.

(『시사저널』 2022년 1월)

가장 큰 적은 공포

유럽에 전운이 감돌고 있다. 러시아가 우크라이나를 침공할 거라고 바이든 미국 대통령이 예언했던 2월 16일은 별일 없이 지나갔다. 푸틴이 아무리 전쟁광이라 해도 베이징올림픽 기간 중에 우크라이나를 침공해 중국을 도발하진 않을 거라고 나는 확신했다. 남의 잔치에 재를 뿌리고 그 뒷감당을 어떻게 하려고? 푸틴은 바보가 아니다.

러시아의 우크라이나 침공설을 퍼뜨려 갈등을 조장하고 2월 16일이라고 날짜까지 특정한 미국을 향해 크렘린의 외교정책 고문은 기자회견에서 "(미국의) 히스테리가 최고조에 달했다"고 비난했다. 스포츠를 좋아하고 운동선수를 좋아하기로 유명한 푸틴이 올림픽 경기를 시청하는 즐거움을 포기하면서까지 전쟁에 몰두하지는 않을 거라고 나는 믿었다.

우크라이나의 젤렌스키 대통령은 러시아의 침공이 임박했다고 연일 말의 전쟁을 벌이는 서유럽의 지도자들이 위기를 조장한다고 비난했다. "국제금융시장에서 우크라이나의 신용도가 떨어져 돈을 빌리기 어렵다. 가장 큰 적은 공포"라며 국민들에게 냉정을 호소했다.

2월 20일 베이징올림픽 폐막식에서 크로스컨트리 매스스타트 시상식이 있었는데 러시아 남자선수 두 명이 시상대에 올라갔다. 크로스컨트리 여자 매스스타트 시상대에 올라간 노르웨이와 핀란드 선수가 크게 웃으며 손을 흔들고 발랄한 모습을 보인 것과 대조적으로 러시아 남자선수들의 표정은 굳어있었다. 러시아 국기가 올라가고 귀에 익은 차이코프스키의 피아노 협주곡이 울려 퍼졌다. 국가가 주도한 도핑이 발각되어 러시아 선수들이 우승해도 시상식에서 국가를 틀지 못한다. 그래서 차이코프스키의 음악이 나온 건데, 아름다운 선율에 감동한 나는 잠깐 러시아를 용서했다.

그리고 이틀 뒤 새벽, 자다 깨어 BBC에서 생중계하는 푸틴의 TV연설을 들었다. 크렘린궁의 거대한 기둥에 둘러싸여 열변을 토하는 그는 젊고 건강해 보였다. 70세인데 머리만 조금 벗겨졌지 얼굴에 주름도 보이지 않고 말투도 또렷했고, 자주색 넥타이에 정장 차림의 그는 대통령이라기보다 '차르'처럼 보였다. 20년 가까이 러시아를 통치한 그는 구(舊) 소련의 KGB 간부였다.

"우크라이나는 러시아 역사의 일부였다. 현대 우크라이나는 소비에트 공산주의에 의해 만들어졌다. 1991년 소련이 해체되며 러시아는 (영토를) 강탈당했다. NATO(북대서양조약기구)가 우크라이나를 이용해 러시아를 위협하고 있다…"

격정적인 연설을 들으며 여러 생각이 들었다. 푸틴은 통제광(control-freak)이다. KGB 요원으로 일했던 그는 모든 것을 자신의 통제 안에 두려고 한다. 우크라이나가 러시아의 통제를 벗어나 나토(NATO)와 가까워지는 걸 그는 참을 수 없을 게다.

냉전이 끝났지만 여전히 냉전시대 사고방식에 갇힌 지도자 때문에 무고한 인명이 희생되는 걸 보고 싶지 않다. 우크라이나 돈바스 지역에 평화유지군 진입을 명령한 러시아가 전선을 확대하면 3차 세계대전이 발발할 수도 있다. 코로나19와의 싸움이 끝나가는데 유럽이 전쟁터로 변한다? 정치 지도자들이 지혜를 발휘해 인류의 자기파괴를 막기 바란다.

내가 마크롱이라면 러시아에 나토 가입을 제안하겠다. 나토의 위협 때문에 우크라이나 침공이 불가피하다는 그에게 명분을 주지 않기 위해서. 푸틴의 야망은 옛 소련 영토의 완전한 회복이지만, 나토 가입을 거부할 정당한 이유가 없지 않나.

(『시사저널』 2022년 2월)

이 놀라운 사람들

"전쟁을 시작하는 건 이성일 수 있지만, 전쟁을 지속시키는 건 광기이다."

-최영미 소설 『흉터와 무늬』에서

러시아 제국의 부활을 꿈꾸는 푸틴의 광기를 제압하지 못하면 인류에게 대재앙이 닥칠 것이다. 나토가 우크라이나 상공에 '비행금지구역'을 설정하지 않고 러시아에 대한 경제 제재만 약속하는 동안, 마리우폴(Mariupol)엔 매일 10분 간격으로 폭탄이 떨어져 인구 43만의 아름다웠던 항구 도시가 잿더미로 변했다.

러시아의 미사일 폭격으로 전쟁 개시 4주 만에 400만 명의 우크라이나인이 피난을 떠나야 했다. 혼자 피난하는 어린아이의 고통으로 일그러진 얼굴이 뇌리에서 떠나지 않는다. 한 손에 커다란 짐을 들고 비틀거리며 걸어가던 그 아이는 어떻게 되었을까. 무사히 국경을 넘었을까?

"하늘을 닫아 달라!(Close the sky!)" 아니면 전투기라도 보내달라는 젤렌스키 대통령의 간절한 호소를 서방은 끝내 외면하려나. 미국이 제안한 해외도피를 거절하고 키이우를 떠나지 않을 거라는 대통령, 우크라이나 국민의 용기와 낙천주의에 나는 감탄했다. 러시아 탱크를 손으로 막아서는 노인, 침공이 임박했는데도 오케스트라를 조직해 거리에서 국가를 연주하는 오데사 시민들, 해외유학을 중단하고 폴란드 국경을 넘어 (피란민들과 반대 방향의 버스를 타고) 귀국하는 젊은이들. 이 놀라운 국민을 보라.

이 놀라운 이웃들을 보라. 국경을 개방하고 난민들에게 집과 음식을 제공하는 폴란드 사람들의 따뜻한 마음에 나는 감동했다. 이 놀라운 침략자를 보라. 젤렌스키 대통령은 유태인 출신인데 우크라이나 정부를 '나치에 가까운 약물중독자들'이라고 비난하는 푸틴의 거짓말에 나는 질렸다. 20년간 러시아를 통치한 독재자의 선전선동에 속아 진실을 외면하는 국민. 베이징올림픽 여자 피겨 개인전을 앞두고 금지약물 복용 사실이 드러나 물의를 빚은 발리에바를 환영하려 모스크바 공항에 나와 박수를 치는 사람들을 보며 나는 이 나라 국민이 정상이 아님을 알았다.

최악의 인간과 최선의 인간들을 이 전쟁은 우리에게 보여주고 있다. 마리우폴이 함락되었나? 키이우의 방어선이 무너지지 않았나, 걱정되어 텔레비전 켜기가 두렵다. 이것은 텔레비전으로 유튜브로 생중계 되는 최초의 전쟁. 집에서 일하거나 잠잘 때를 제외하곤 BBC 혹은 CNN을 틀어놓고 사는 나로서는 뉴스를 볼 수도 없고, 보지 않을 수도 없다. 사과를 먹다 처참한 광경에 포크를 놓는다.

전쟁이 어서 끝나기를 바라며 젤렌스키 대통령의 페이스북에 들어가 '좋아요'를 누르고 영어로 댓글을 달았다. 3월 4일에 "마크롱은 키이우에 가라. 인류평화를 위해 우크라이나를 방문할 베짱이 있는 대통령은 없는가? EU 지도자들은 말만 늘어놓는다… 우크라이나를 당장 EU에 가입시켜라(Let Macron come to Kyiv. Is there any president who have guts to visit Ukraine for the peace of mankind? The leaders of Eu just talk and talk…Let Uklaine join EU right now.)"라는 댓글을 달았는데 열흘 뒤인 3월 15일 폴란드, 체코, 슬로베니아 3국 총리들이 키이우에 도착해 젤렌스키 대통령을 만났다는 기사가 나왔다. 내 댓글을 보았구나. 본 게 틀림없어.

(『시사저널』 2022년 3월)

수학자와 시인

미국에서 총기 난사 뉴스 없이 일주일이 지나지 않듯, 우리나라에서는 성추문에 연루된 정치인 소식을 듣지 않고 일주일이 그냥 지나가지 않는다. 사실이든 아니든 이 나라를 대표하는 정치인이 그런 더러운 의혹에 연루되었다는 것 자체가 실망스럽다. 아직도 정신 못 차리는 정치판의 미주알고주알을 언론은 왜 그리 열심히 보도하나. 날씨도 더운데 짜증나는 소식만 들려 저녁 뉴스를 보지 않는다. 새 대통령이 취임한지 몇 달도 되지 않았는데 차기 대권주자 선호도 조사를 하는 정치 과잉의 나라. 선거철이 아니더라도 온 국민이 정치 현안에 대해 이리도 뚜렷한 견해를 갖고 있는 나라는 드물 것이다.

왜 그럴까? 정치가 쉬워서이다. 정치가 쉽다고 국민들이 생각하기 때문이다. 문학이나 미술에 대해 자기 견해를 가지려면 상당한 기간의 공부와 훈련이 필요한 반면, 정치를 이해하는 데는 오랜 시간이 걸리지 않는다.

아침에 일어나 머리기사만 슬슬 넘기다 '시인 되겠다며 자퇴한 학생…수학계 정상'을 보고 이게 뭔 소린가? 허준이 교수의 필즈상 수상 소식을 전하는 기사를 보며 수학과 예술에 대해 생각해보았다. 시인이 되겠다며 고등학교를 자퇴했다니, 신선한 충격이었다. 어린 나이에 그처럼 순수한 열정에 빠져 모험을 감행한 그도 대단하지만, 그의 딴짓을 용인한 부모님도 대단하다.

그의 인터뷰에서 '진실을 찾아가는 과정'이라는 말이 크게 울렸다. 아, 그래 맞아. 나도 시를 쓰며 진실을 드러내려 노력하지. 숨겨진 진실을 어떻게 정확한 언어로 표현할까 고민하지. 세상의 진실을 언어로 드러내는 게 시라면, 우주의 본질을 숫자로 보여주는 게 수학 아닌가.

고등학교 3학년 때 수학 선생님에게서 "영미, 너는 참 문제를 희한하게 푼다"는 말을 들었다. 정답은 아니었지만 어쨌든 나는 문제를 풀긴 풀었다. 예술을 통해 넓고 깊어진 세계, 시적 상상력이 우주를 통찰하는 힘을 주지 않았나. 우리나라에서도 허 교수처럼 창의적인 이단아가 더 많이 나와야 한다. 그가 고등학교를 자퇴하지 않고 입시 교육의 틀에 갇혀 있었다면 오늘의 성과는 없었을지도 모른다. 입시에 몰두해 똑똑한 바보들을 양산하는 교육이 바뀌어야 나라도 바뀌고 정치도 바뀐다.

나는 그의 필즈상 수상이 한국 교육의 새로운 도약으로 이어지길, 남들이 하는 건 나도 해야 한다는 한국인들의 집단 강박에 문제를 제기하는 계기가 되기를 바란다. 남이 아는 건 나도 알아야 하고 시대에 뒤쳐지면 안 된다는 집착, 나는 이걸 변방 콤플렉스라 부르겠다.

그 옛날 고구려 백제 신라는 중국으로부터 새로운 문화와 문물을 수용하며 서로 경쟁했고, 불교와 유교도 중국을 통해 들어왔다. 근대 이후에는 일본으로부터 기계 문명과 모더니즘을 수입했다. 일제 강점기 1934년에 발표된 김기림의 산문을 보다 벚꽃 구경하겠다고 국경 가까운 도시에서부터 꽃 구경꾼이 단체로 상경해 임시열차로 오는 친척을 맞으러 역에 나간 이야기, 한 시간 동안 플랫폼에 들어온 네 열차의 긴 차량이 모두 산 사람의 '순대'였다며 그 강철의 순대 속에서 사람들이 순대 이상의 대우를 받았으리라고 생각하지 않는다는 글을 읽고 놀라움과 씁쓸함이 몰려왔다. 의자 밑에 들어가 눕고도 자리가 부족해 사람 다니는 통로에 앉아서까지 왔다니. 이러니 한국인은 냄비라는 말을 듣지. 하나가 유행하면 다 따라하고, 남이 사면 나도 사야 한다는 강박증이 한강의 기적을, IT강국 대한민국을 만들었는지도 모르겠다.

(『시사저널』 2022년 7월)

어떤 싸움의 기록

요새 법정 드라마가 인기다. 나는 한 편도 보지 않았다. 나는 드라마를 보지 않는다. 영화도 보지 않는다. 넷플릭스가 뭔지도 모른다. 내 인생이 영화보다 재미있어 영화를 보고 싶은 욕구가 생기지 않는다. 내 인생이 어떤 드라마보다 극적이어서 웬만한 연속극은 따분해 견딜 수가 없다.

내게 가장 재미난 드라마는 스포츠. 야구, 축구, 테니스 경기는 매일 챙겨 보지만 드라마? No No. 실생활과 동떨어진 허구를 보느라 내 눈을 버리고 싶지 않다. 법정 드라마는 더더군다나 보고 싶지 않다. '법정' 생각만 해도 머리가 아프다. 나는 두 번이나 재판을 했다. 한 번은 내가 원고였고, 한 번은 내가 피고였다. 내가 하지도 않은 말을 보도한 언론사에 제기한 내가 원고였던 재판은

반론보도를 싣는 것으로 합의를 보았다. 1990년대 후반에 거북했던 그 언론사와 지금은 잘 지낸다. 생애 최초의 재판에서 절반의 승리를 거둔 뒤 내가 내린 결론은 '앞으로 재판은 하지 않는다'였다. 재판은 시간을 오래 잡아먹는다. 최종 결론이 나기까지 몇 년간 나는 글다운 글을 쓰지 못했고, 언론사와 적이 되면서 책이 팔리지 않는 등 손해가 막심했다.

다시는 재판을 하지 않으려 했는데 황해문화에 「괴물」을 발표한 뒤 폭풍이 몰아쳤다. 2017년 9월 페미니즘 특집호를 낸다며 페미니즘을 주제로 시를 세 편 써달라는 황해문화의 청탁을 받았다. 그즈음 할리우드 미투(MeToo) 뉴스가 한국에 보도되었다. CNN을 통해 할리우드 미투를 거의 실시간으로 접했던 나는 그녀들의 용기에 힘을 얻어 「괴물」을 썼다. 타이밍이 절묘했다. 미투 이전에 황해문화의 청탁이 있었고, 원고 마감은 10월 20일이었던가.

「괴물」을 다듬으며 내가 이 시를 더 일찍 써야 하지 않았나, 자괴감을 느꼈다. 2016년 고등학교에서 시를 가르치던 남자 시인이 여고생들을 성추행 성폭행한 사실이 알려지며 한국 사회가 벌컥 뒤집힌 적이 있다. 문단 성폭력이 수면 위로 떠올랐고 어느 방송사의 기자가 내게 전화를 걸어 문단 성폭력에 대해 물어보았다.

기자에게 'En'의 추행을 실명으로 말했고, 그는 내게 카메라 앞에 서달라며 공식적인 인터뷰를 요청했다. '카메라'라는 말을 들으니 겁이 났다. 내게 어떤 문학적인 기회가 올지도 모르는데, En과 그를 옹호하는 세력들과 한판 붙으면 어떤 문학상도 타지 못할 게다. 문학상에 대한 기대를 아직 버리지 못한 나는, 어머니를 간병하느라 피곤한데 귀찮은 일을 벌이고 싶지 않다는 핑계를 대며 카메라 인터뷰를 거절했다.

남성 문인들의 성적인 괴롭힘은 한국 문단의 관행이었다. 내가 등단할 무렵인 1990년대에는 여성 시인을 기생 취급하는 전(前)근대적인 유교문화가 널리 횡행했다. 오죽하면 갓 등단한 내가 1993년에 아래와 같은 '등단 소감'을 썼을까.

"(…)내가 정말 여, 여류시인이 되었단 말인가
술만 들면 개가 되는 인간들 앞에서
밥이 되었다, 꽃이 되었다
고, 고급 거시기라도 되었단 말인가"

고은 시인이 제기한 손해배상 청구소송에 증거자료의 하나로 내가 제출한 '등단소감'을 1심 승소 후 출간한 시집 『다시 오지 않는 것들』에 넣으며 얼마나 뿌듯했는지.

(『시사저널』 2022년 10월)

뒤로 가는 대한민국

이태원 참사 뒤 열흘이 지났다. 안전하게 월드컵이나 프로야구 이야기를 할까. 이태원을 피해 도망갈 궁리도 해봤으나 그런 무난한 글이 사람들에게 읽힐 것 같지 않다. 나는 사회학자도 정치학자도 아니고 가끔 시를 쓰며 신문과 잡지에 글을 기고하는 글쟁이. 내 글이 감정보다 이성에 호소하기 바란다.

작년 봄, 이스라엘에서 코로나19와 관련된 규제를 철폐한 뒤 처음 열린 종교 집회에 군중이 몰려 수십 명이 사망한 사고가 있었다. 외신을 보며 '사람들이 몰리면 위험하구나. 백신 접종률이 높다고 자랑한 이스라엘이 방심하다 당했네. 한국에선 그런 일이 일어나지 않을 거야'라고 자신했는데 내가 틀렸다. 코로나 3년, 젊은이들이 얼마나 놀고 싶었을까. 코로나19 초기에 한국은 K방역의 성공으로 위기를 탈출했다. 지나치다 싶게 엄격한 방역이 지속되어 국민들 사이에 피로감이 쌓였고 확진자 몇만 명이 나와도 무감각해지는 사태에 이르러 올해 봄에 오미크론 유행으로 많은 목숨을 잃었다. 코로나 초기에 (질병관리청 관계자도 인정했듯이) 다소 과장된 규제를 했다가 이번 정부 들어 갑자기 규제를 풀면서 생긴 참사 아닌가.

이스라엘 압사 사건을 경찰과 공무원들도 알았을 텐데, 이태원에 수만의 인파가 예견되는데도 조치를 취하지 않았다. 2022년 10월 29일 저녁 6시 34분 처음 112 신고가 접수되었는데 몇 시간 뒤의 사고를 막지 못했다. 경찰청장은 자느라 상황담당관의 문자를 보지 못했다. 시급한 일을 상관에게 전화해 알려야지, 왜 문자만 보내나. 상관을 지나치게 모시는 권위주의가 문제다. 겉은 21세기 IT 강국이나 전(前)근대적 권위주의가 지배하는 한국 사회의 민낯이 이번에 드러났다. 파출소 직원에서 치안 최고책임자까지 5단계를 거쳐야 보고가 전달되는 사회, 그리고 3단계만 거치면 위급한 상황을 알릴 수 있는 사회. 어느 쪽이 위험에 취약한지 상상해 보라.

스마트폰이 없던 1980년대라면 경찰청장에게 전화를 걸었고,

벨 소리에 깨어나 지휘를 하지 않았을까. 사람들이 죽어가는데 동영상을 찍는 이들, 가게들이 음악을 크게 틀어 위험을 알리는 목소리가 사람들에게 전달되지 않았다. 용산경찰서장은 이태원 일대 차량 정체가 심각한데도 걸어가기 싫어 차량 이동을 고집하느라 현장에 늦게 도착했다.

참사 뒤에 일어난 일들도 충격적이다. 윤석열 대통령의 대국민담화를 듣는데 '본건'이라는 단어가 걸렸다. '이태원 참사'라고 말하는 대신에 그는 '본건에 대해'라고 했다. 그에게는 이태원 참사가 (대통령이 다뤄야 할) 여러 사건 중 하나인가. 어떤 사람이 사용하는 단어는 그의 의식을 보여준다.

정쟁에 몰두하는 한국 사회도 이번 참사의 원인이다. 토요일 광화문에 모여 서로가 서로를 비난하고 물어뜯는 집회가 일상화되지 않았다면 경찰 병력이 이태원에 더 배치되지 않았을까. 우연한 사고가 아니다. 검찰과 경찰의 갈등도 우리 사회의 위험을 증폭시켰다.

1987년 6월 항쟁 때도 백만의 시위대가 서울광장에 모였지만, 경찰이 쏘아대는 최루탄에 맞아 죽거나 경찰을 피해 도망가다 다치는 젊은이들은 있었으나, 경찰이 오지 않아 죽는 경우는 없었다. 2022년 10월, 이태원의 아이들은 경찰을 믿었으나 경찰은 그들의 믿음을 저버렸다. 2022년 대한민국의 젊은이들은 국가와 국가의 시스템을 신뢰했으나, 국가는 그들의 기대를 배신했다.

(『시사저널』 2022년 11월)

교황과 펠레

"어떤 식으로든 내가 잘못한 모든 사람에게 온 마음을 다해 용서를 구한다." 지난 해 12월31일 베네딕토 16세 전(前) 교황이 돌아가셨다. 교황이 남긴 유언을 전하는 뉴스를 듣는데 '용서'라는 말이 크게 울렸다. 아, 역시 큰 인물은 다르구나. 가톨릭 사제 중 가장 높은 자리에 오른 그는, 사제가 된 뒤에 무수한 고해성사를 했으리라. 죄를 고백하는 신자들을 용서하는 데 익숙했을 텐데, 스스로 용서받기를 간청하는 유언을 남기다니.

교황청이 공개한 그의 영적 유언은 교황 즉위 1년 뒤인 2006년에 미리 작성했다고 한다. 베네딕토 16세는 여러 면에서 독특한 교황이었다. 교황으로 즉위하고 8년이 되지 않아 건강 문제로 스스로 물러났는데, 종신직인 교황의 자진 사임은 수백 년만의 매우

희귀한 일이라고 외신들은 전했다. 2000여 년의 천주교 역사 상 스스로 물러난 교황이 5명뿐이라는 사실을 알고 나는 또 놀랐다. 권력이 얼마나 대단한지. 한번 도취되면 빠져나오기 힘든 게 권력이다.

서양미술사를 공부하며 교황을 은근히 풍자한 초상화를 많이 봐서 그런지, 나는 종교권력에 대해 별다른 경외심을 갖고 있지 않았다. 르네상스 시대 이후 지금까지 교황을 그린 유명 미술작품들에는 대개 부정적인 묘사가 많았다. 교황청의 권력 다툼을 비꼰 라파엘로의 〈레오 10세의 초상〉, 벨라스케스의 〈이노센트 10세〉 그리고 벨라스케스의 교황 초상화를 모방한 프란시스 베이컨의 저 끔찍한 그림을 생각해 보라.

입을 벌리고 비명을 지르는 교황. 그를 둘러싼 새장처럼 생긴 좌대는 권력을 휘두르는 권좌라기보다 최고 권력인 그를 가두는 감옥처럼 보인다. 어느 인터뷰에서 베이컨은 그의 교황 그림은 색채를 연구하기 위한 단순한 습작이라고 말했지만, 마치 고문을 당하는 듯 두려운 모습으로 교황을 그린 화가의 의도, 그 속에 담긴 어떤 상징성을 부인하기는 힘들다.

좀 젊고 활기찬 교황을 보고 싶은데 왜 항상 늙고 늙은 사람들이 교황에 즉위하나? 날라리 가톨릭 신자인 나는 교황이 타계해도 별 느낌이 없었는데 이번에는 달랐다. 자신이 알게 모르게 저지른 잘못을 용서해달라는 그의 마지막 말은 진심이었고, 그의 진심은 나를 포함한 많은 이에게 감동을 주었다. 나도 그처럼 나에게 잘못한 이들을 용서하고, 나 또한 용서받으며 이 세상을 떠나고 싶다.

2022년에서 2023년으로 넘어가는 연말연초에 세계적인 인물들, 유명한 이들의 사망 소식이 유난히 많이 들려왔다. 지난해 12월30일 축구 황제 펠레도 긴 투병 끝에 세상을 떠났다. 펠레의 유언은 "사랑하고 또 사랑하라"였다. 마지막 은퇴 경기에서 그는 마이크를 잡고 관중들에게 "Love Love Love 사랑 사랑 사랑"을 외쳤다. 브라질 축구 영웅이 남긴 한마디가 내 가슴을 때린다. 사랑하면 이해한다. 이해하면 용서한다.

교황과 축구황제 중 하나를 고른다면? 사정이 허락된다면 나는 교황의 시신이 모셔진 엄숙한 교황청이 아니라, 산투스의 축구장에 가서 펠레와 마지막 작별을 하려는 추모객들 속에 끼고 싶다. 사랑이 용서보다 위대하니까.

(『시사저널』 2023년 1월)

위선을 실천하는 문학

지난 월요일 아침부터 고은 시인의 문단 복귀에 대한 의견을 묻는 기자들의 문자와 이메일이 쏟아졌다. 등단 65주년 기념 시집과 대담집을 출간하며 "5번의 가을을 보내는 동안 시의 시간을 살았다"고 고은 시인은 지난 5년을 회고했다고 한다. 고은은 2018년 여름 나를 상대로 뻔뻔스럽게도 손해배상 소송을 제기하였고 1, 2심에서 내가 모두 승소했다. 원고 고은의 대법원 상고 포기로 나의 승소가 확정되었으나, 2019년 겨울에 재판이 끝나기까지 나는 두 번의 가을을 보내며 고통의 시간을 살았다. 나는 진실을 말했지만, 진실만으로는 부족했다. 진실을 증명해야 했다.

"가족과 부인에게 부끄러운 일을 하지 않았다"는 고은의 발언에 충격과 참담함을 느낀다. 젊은 여성에게 치욕적인 추행을 해도 성관계를 맺지 않았으면 가족과 부인에게 부끄럽지 않다는 것이 그의 성 인식이란 말인가? 재판 과정 중에 변호사 뒤에 숨더니 이제는 출판사 뒤에 숨어 현란한 말의 잔치를 벌이는 그가 나는 두렵지 않다.

고은은 자기가 얼마나 대단한 시인인지 그간의 경력과 활동을 소장에 길게 열거하였다. 소장을 읽으며 나는 내가 싸워야 할 상대가 원고 고은 한 사람이 아니라 그를 둘러싼 거대한 네트워크, 그를 키운 문단 권력과 그 밑에서 이런저런 자리를 차지하고 이익을 챙긴 사람들, 작가, 평론가, 교수, 출판사 편집위원, 번역가들로 이루어진 피라미드 전체라는 사실을 알았다. 몇십 년 전에 민족문학작가회의를 탈퇴한 뒤 어떤 조직이나 단체에도 소속되지 않은 내 뒤에는 아무도 없었다.

내게는 움직일 수 없는 사실과 진실이 있었다. 나뿐만 아니라 그에게 피해를 본 다른 여성들, 피해자나 목격자를 특정하거나 때와 장소를 특정할 수 있는 원고 고은태의 성추행 증거들을 적어 재판부에 제출했다. 나는 1심도 이겼고 항소심에서도 이겼다. 대법원까지 갈 줄 알았는데 원고가 상고를 포기했다는 소식을 듣고 기쁘면서도 허망했다. 손해배상소송까지 제기하더니 끝까지 싸울 배포도 없었나?

원고 고은은 재판정에 한 번도 출석하지 않았고, 당사자 신문 신청에도 '공황장애를 앓고 있다'는 핑계를 대며 응하지 않았다. 나는 1심과 항소심의 모든 재판 기일에 빠짐없이 출석했고, 내가 겪었던 상황을 기억에 의존해 법정에서 성실하게 진술했다. 자신이 제기한 소송인데 법정에 나올 배짱도 없는 비겁한 사람이 대한민국을 대표하는 시인이란 말인가?

그의 시집에 어느 대학의 명예교수인 K 선생이 아름답고 모호한 해설을 썼다고 한다. K처럼 해외 문학을 전공한 먹물들, 최루탄이 쏟아지는 화염의 시대에 외국으로 도피했던 그들에게 이 땅의 민주주의를 위해 '감옥에 간 시인'은 빛나는 존재였으리. 얌전한 샌님인 평론가들에게 술자리에서 거리낌없이 여성을 욕보이는 고은의 요란하고 대담무쌍한 말과 추행은 멋있어 보였을 게다.

내가 경제적으로 어려워 노이즈 마케팅을 한다는 원고 고은의 거지같은 주장을 반박하려 세무서에 가서 지난 10년 간 소득금액 증명원을 떼며 내가 어떤 심정이었는지. 다시는 그 때문에 잠 못 이루는 밤이 없을 줄 알았는데… 권력은 자신을 반성하지 않는다. 자신을 반성하지 않는 권력을 한국사회가 어떻게 받아들이는지, 나는 지켜볼 것이다.

(헤럴드경제, 2023년 1월)

2부

인간은 스포츠 없이 살 수 없다

죽더라도 수영장에서

벌써 6개월 넘게 물에 들어가지 못해 요즘 몸살이 날 지경이다. 일주일에 한두 번 수영하는 게 내 인생의 큰 낙이었는데 내가 다니던 홍대 수영장이 작년 9월부터 문을 닫았다. 시설점검에 들어가는데 언제 문을 다시 열지 모른다니. 다른 곳은 알아보나마나. 집 근처에 그만큼 싸고 물 좋은 수영장이 없다. 홍대 수영장은 수심이 깊고 이용객이 적어 나처럼 남과 부딪치는 거 싫어하는 사람에게 딱 좋았다. 저만치 체육관이 보이고 수영장에 들어서는 순간 너무 기뻐 호흡이 가빠지곤 했다.

탈의실을 나와 흥겨운 음악을 들으며 사뿐사뿐 걸어가 첨벙! 물에 몸을 던진다. 나 혼자 물살을 가르며 헤엄치는 기분. 이거 경험하지 않은 사람은 모른다. 이게 내게 남겨진 유일한 기쁨이라면 즐길 수 있을 때까지 즐겨야지. 의사는 내게 팔꿈치가 안 좋으니 수영도 삼가라고 했지만, 내 몸은 내가 더 잘 안다. 수영을 안 하면 몸이 더 아파요. 죽더라도 수영장에서 헤엄치다 죽고 싶다. 레인을 독차지하고 앞으로 뒤로 삼십 분쯤 몸을 풀고 물에서 나오면 또 다른 행복이 기다리고 있다. 샤워를 마치고 대강 머리를 말리고 생과일주스를 마신다.

수박 주스를 달라고 말하기도 전에, 가게 문에 들어서는 날 보자마자 냉장고에서 수박을 꺼내든 그녀, 아 이래서 단골이 좋은 거구나. "얼음 빼고 시럽 넣지 마세요"라고 말할 필요도 없다. 내 입에서 나오는 "얼음 빼고"를 백 번도 더 들은 점원은 내 취향을 외고 있다.

수영을 한 뒤에 내가 좋아하는 주스를 마시는 시간. 신선한 자연의 음료를 마시며 날 짓누르는 모든 것을 내려놓는다. 천천히 수박을 들이키며 행복감에 젖는다. 수영을 할 수 있는 한, 물에 뛰어들었다 성한 몸으로 나올 수 있는 한, 나는 생을 포기하지 않겠노라.

가을과 겨울은 꾹 참고 어찌어찌 넘겼는데 햇살 따듯한 봄이 다가오니 물에 들어가고픈 몸이 아우성을 친다. 학교 수영장을 다시 열어달라고 홍대 앞에서 1인 시위라도 할까.

(농민신문, 2018년 3월)

준비를 너무 해서 실패했다

오늘은 월드컵 경기가 없다. 어제 새벽에 러시아와 크로아티아의 경기를 끝으로 4강팀이 다 가려졌고 이틀의 휴식 뒤에 준결승전이 열린다. 러시아 월드컵이 시작되기 전부터 나는 공식 홈페이지에 들어가 경기 일정을 종이에 적어 두었다. 노트북 옆에 놓인 A4 용지, 개막전인 6월15일부터 7월16일의 결승전까지 경기 시간을 적은 종이를 들여다보며 내가 예측한 승부는 거의 들어맞았음을 확인했다. 약자인 콜롬비아를 응원했지만 영국이 이길 거라는 걸 난 알고 있었다. 하지만 승부차기까지 갈 줄은 몰랐다.

이번 월드컵엔 유난히 승부차기가 많다. 여느 월드컵에 비해 경기장까지의 이동시간이 길어서 선수들의 피로가 누적되어서인가? 예전엔 밤을 새우더라도 아슬아슬한 승부차기를 은근히 기대했다. 나이가 드니 체력이 달려 전반전이 끝나고 15분 쉬는 동안 졸음이 몰려와, 깨어나 보면 경기가 끝나 하이라이트가 돌아간다. 휴대전화를 켜고 승부를 확인해야 다시 잠들 수 있다.

밤마다 축구 보는 재미에 살았는데 오늘 저녁은 허전해서 어쩌나. 축구라는 마약에 취해 사십 대를 보냈다. 길을 가다 축구공이 어쩌다 내 앞에 굴러오면 발이 근지러워 그냥 보내지 않았다. 뻥! 세게 차서 보내면 애들이 날 쓱 쳐다보다 곧 지들만의 게임에 빠져 이리저리 달린다. 아 그 젊음. 젊은 그들을 보는 재미. 지구촌의 축제인 월드컵에선 사람 관찰하는 재미도 크다. 오랫동안 경기장 출입이 금지되었던 이란의 여성들이 머리에 수건을 쓰고 경기장에 앉아 웃는 모습은 참 보기 좋았다.

마지막 경기에서 우리가 독일을 이겨서 나도 물론 기쁘고 자랑스럽지만, 한국 대표팀이 16강에 오르지 못한 패인을 우리는 깊이 따져봐야 한다. 준비를 너무 많이 해서 실패했다. 강의도 준비를 너무 하면 잘 안 된다. 세트 피스 연습도 좋지만, 월드컵이라는 큰 무대에서는 감독이 주문한 대로 선수들이 움직이기 어렵다. 감독이 예측한 대로 상대 팀이 움직이지도 않는다. 선수들도 인간이기에 실수도 하고 예기치 못한 돌발변수가 생기기도 한다. 너무 많은 걸 주문하면 선수들이 긴장해 제 기량을 펼치지 못한다. 경험이 부족한 감독일수록 경기를 선수를 통제하려는 욕망이 강하다. 스웨덴과 멕시코전의 실패로 신 감독이 무언가 배웠겠지만, 나는 대표팀 감독을 바꾸는 게 한국축구의 미래를 위해 좋다고 생각한다.

(농민신문, 2018년 7월)

일부러 물에 빠져 배운 수영

코로나 사태가 심각해지면서 내가 다니던 수영장이 문을 닫았다. 언제 다시 물에 들어갈까? 단지 수영을 위해, 물속에서 혼자 헤엄치는 자유를 누리기 위해 비행기를 타고 멀리 제주까지 날아간 적도 있다. 수영 뒤에 마시는 생과일주스, 호텔 조식이 그립다. 고은태가 제기한 손해배상소송 1심에서 승소한 뒤에 먼저 찾은 곳도 제주의 호텔이었다. 체크인 뒤에 물에 들어가 여봐란듯이 팔다리를 쭉 뻗었을 때의 짜릿함을 기억한다. 전망이 아름다운 수영장이었다. 푸른 물결과 붉은 노을을 감상하며 온 세상을 가진 듯 행복했다.

다음날 아침 호텔방에서 라디오 방송 인터뷰를 했다. 침대 위에 예상 질문에 대한 답을 적은 종이를 펼쳐놓고, 태양처럼 뜨겁지만 차갑게 식힌 문장들을 말로 내보내며 나는 떨지 않았다. 더듬지도 않았다.

어릴 적 문막의 섬강에서 헤엄치기를 배웠다. 국민학교 3학년이던가. 여름방학에 엄마가 나를 시골의 큰집에 보냈다. 중학생이던 사촌 언니를 따라 처음 물에 들어갔다. 언니는 수영복, 나는 속바지 차림이었을 터. 원피스 수영복을 입은 사촌 언니를 부러워하다가 내 또래들과 물장구를 쳤다. 자갈이 깔린 강바닥을 맨발로 뛰어다니다 개헤엄을 치며 너무 멀리 왔나, 발바닥이 밑에 닿지 않았다. 물웅덩이에 빠져 허우적대다 죽음을 느낀 나는 '살아야겠다'는 본능에 충실했다. 깨금발로 수심이 얕은 곳을 향해 필사적으로 몸을 움직여 발꿈치가 다시 단단한 바닥에 닿았다. 어찌어찌 헤엄 반, 걷기 반, 물웅덩이에서 탈출했다.

물에 빠져 죽을 뻔한 뒤에도 나는 헤엄치기를 포기하지 않았다. 강이나 바다처럼 흐르는 물은 두려웠지만, 막아놓은 물은 두렵지 않았다.

대학생이 돼 친구와 종로의 수영장에 갔다가 다리에 쥐가 나 물에 빠져 허우적대다가 구조요원에게 구출되는 창피를 당한 뒤에야 나는 물이 무서워졌다.

한동안 수영장 근처에도 가지 않다가 1990년대 어느 날 물놀이를 다시 하고 싶은 욕망이 꿈틀댔다. 중등체육 교과서를 사서 수영의 기초를 학습했다. 욕실 대야에 물을 받아놓고 머리를 담갔다 빼는 동작을 되풀이하며 숨쉬기부터 다시 배웠다. 연희동의 실내수영장을 미리 답사해보니 가장 깊은 곳의 수심이 내 키를 넘었다. 물에 대한 공포를 이겨내려고 나는 일부러 물에 빠지기로 결심했다.

사람들이 없는 시간을 골라 혼자 수영장에 갔다. 물끄러미 물을 응시하다 물에 빠져 죽을 뻔했던 과거가 되살아나 두려웠지만 '여기서 주저앉으면 영영 수영은 못하리라'는 생각이 들어 내 키를 넘는 가장 깊은 물에 몸을 던졌다.

'아무리 깊은 물에 빠져도 발로 바닥을 치면 죽기 전까지 몸이 한두 번 위로 솟는다'고 체육책에 쓰여 있었는데 실험해보니 진짜였다. 수영장 바닥에 발이 닿는 것을 느낀 순간, 나는 힘껏 바닥을 치고 올라왔다. 그러기를 몇 번, 물에 빠졌다 떠오르기를 되풀이한 뒤에 나는 물에 대한 공포를 물리칠 수 있었다. 물에 엎드려 발차기를 했다. 수영을 안 한지 십 년이 넘어 다시 초보자처럼 연습해야 했다. 어깨 너머로 배워 엉망이던 폼도 책을 보며 교정했다. 나는 한 번도 수영 강습을 받아본 적이 없다. 코치들이 내 몸을 만지는 게 싫었다.

내가 다시 수영을 하다니! 물에 대한 트라우마를 극복한 자신이 대견스러웠다. 바닥을 치고 올라온 그날의 자신감이 내 인생을 이끌었다.

"두려움 그 자체 외에 두려움은 없다."

그 용기, 그 생존의 본능이 이 어려운 코로나 시기에 나를 이끌어주기 바란다.

(헤럴드경제, 2020년 6월)

게임은 속이지 않는다

코로나 시대의 올림픽, 무료한 나날들을 보낸 뒤라 더 재미난 인류의 축제. 뛰고 찌르고 싸우고 환호하는 사람들. 진정한 노력은 보상받는다는 믿음을 스포츠는 우리에게 준다. 진정한 노력은 보상받는다는 환상 없이 어떻게 살 것인가. 삶은 나를 속였지만, 게임은 나를 속이지 않았다.

경기 전에 이미 승부는 결정되었다고 믿는 나, 선수들의 보디랭귀지를 통해 승부를 예측해 보았다. 여자 에페 결승전 최종 라운드가 시작되기 전, 투구를 벗은 에스토니아 선수의 얼굴은 대관식을 앞둔 여왕처럼 당당하고 고고하고 결의에 차있었다. 이 경기 쉽지 않겠는데…. 국가대항 경기를 시청할 때만 애국자가 된다. 양궁과 펜싱 강국 대한민국. 활을 잘 쏘고 검을 잘 찌르는 우리가 평화를 사랑하는 민족 맞나? 고대의 올림픽은 그리스 도시국가들의 시민의식을 고취시켰고, 공정한 경쟁이라는 가치는 민주주의 발전에 기여했다.

그리스의 시인들에게 스포츠는 무엇이었을까. 테베 근처의 작은 마을에서 태어난 핀다로스(*Πίνδαρος* 기원전 518~438)에게 운동경기는 세계를 품에 안는 기회였으리. 그의 작품 대다수는 올림피아 등 운동시합에서 우승한 승자들의 귀향을 축하하는 승리의 찬가이다. 시인이 가사만 아니라 작곡도 하고 가수들을 연습시켰다.

"친절한 평화의 여신, 정의의 딸, 그리고 도시의 위대함을 보여주는 여인이여. 전쟁과 의회의 열쇠를 쥐고 있는 당신"으로 시작하는 퓌티아 찬가 8번이 유명하다. 퓌티아 경기는 고대 그리스 4대 운동제전(올림피아, 퓌티아, 네메아, 이스트미아: 각각 올림피아, 델포이, 네메아, 코린트가 개최지)의 하나였다. 괴물 피톤을 죽이고 델포이에 신탁을 세운 아폴로를 기념하기 위해 기원전 582년 델포이에서 시작된 퓌티아 경기는 로마제국이 기독교를 공인한 뒤에도 기원후 424년까지 1000년이나 지속되었다. 올림픽 다음으로 중요한 게임이었고 올림픽이 열린 2년 뒤에 열렸다.

델포이의 경기에서는 운동만 아니라 시와 춤 등을 다투는 시합도 열렸고 예술가들이 모여 솜씨를 겨루었다. 나중에 시인만 아니라 비극배우, 화가들의 경합도 추가되었다. 퓌티아 경기는 여성들도 참가가 가능했고, '헤라 게임'이라 불리는 여성을 위한 축제가 따로 있었다. 6개월 전부터 준비가 시작돼 델포이 시민 9명이 그리스의 도시들에 파견되어 경기가 시작됨을 알리며 '성스러운 휴전'을 선포했다. 델포이에 모일 시민과 운동선수들을 보호하기 위해 내린 조치인데, 만일 어느 도시가 무력분쟁에 휘말리면 그 시민들은 경기 참가가 금지됐다.

자신을 후원하는 귀족에게 충실했던 그리스 시인들은 부와 명예를 누렸다. 스무 살의 핀다로스는 테살리아를 지배하는 가문의 청탁으로 최초의 승리의 찬가를 지었다. 후원자와의 돈독한 관계는 그의 앞길을 열어주어 여든 살까지 살며 그리스 전역에서(서쪽으로 시칠리아, 동으로 소아시아의 해안, 북쪽에 마케도니아에 이르기까지) 작품을 의뢰받았다.

아르고스에서 죽은 뒤 그의 유해는 고향 테베로 옮겨졌다. 아폴로 신전을 지키는 사제들은 매일 저녁 사원의 문을 닫으며 시인 핀다로스를 축복하는 말을 읊조렸다. 핀다로스의 집은 테베의 랜드마크였고, 훗날 테베를 파괴했던 마케도니아의 알렉산더 대왕도 핀다로스의 집은 건드리지 말라고 명령했다니, 축복받은 시인이었다.

(헤럴드경제, 2021년 8월)

인간은
스포츠 없이
살 수 없다

오래 기다린 만큼 더 간절했던 축제. 팬데믹 시대에 열린 도쿄 올림픽은 우리가 누구이며, 지구촌을 덮친 전염병에도 불구하고 무엇이 가능한지를 보여주었다. 인간은 스포츠 없이 살 수 없다. 뛰고 던지고 헤엄치고… 찌르고 쏘고 때리는 인간의 유희본능과 투쟁심이 결합한 지구촌의 축제. 유희와 투쟁을 하나로 결합시킨 동물은 인간이 유일하리. 더 멀리, 더 높이, 더 빠르게. 타인을 능가하고 (과거의) 자신을 능가하려는 의지, 움직이는 인간 육체를 다양한 각도에서 보여주는 올림픽은 거대한 인간 극장. 경기 그 자체도 짜릿하지만 아시아 유럽 아프리카 아메리카 오세아니아 5대륙의 사람들을 구경하는 재미도 쏠쏠하다.

스포츠에 대한 나의 사랑은 운동선수였던 아버지로부터 비롯

되었다. 배재학당 역도부 주장이었던 아버지는 해방 후 열린 전국 체전의 역도와 투포환 종목에 출전했었다. 투포환인가 역도에서 1등을 했다는데 공식기록을 확인하지 못했지만 완전한 뻥은 아닐 것이다.

어려서부터 아버지 옆에서 운동경기를 시청했기에 열정의 DNA가 내게 새겨지지 않았나. 축구 야구 농구의 기본규칙을 당신에게서 배웠다. 나는 국민학교 피구선수였고, 농구로 유명한 선일여고를 다니며 한때 농구부에 들어갈까? 진지하게 고민했었다. 2020올림픽의 인상적인 몇 장면을 글로 적는다.

1. 빛나는 손: 남녀 펜싱 사브르 단체전

캄캄한 어둠 속에 빛나는 두 개의 실루엣. 극장처럼 관객의 시선을 집중시키는 조명, 지금 이 순간 주인공들의 얼굴을 보고 싶지만 투구에 가려 보이지 않는다. 보이지 않아 더 보고 싶다. 선수들의 맨살이 가장 드러나지 않는 종목이라는 점에서도 펜싱은 특별하다. 몸통만 겨우 가리고 뛰는 육상이나 수영과 비교해보라.

검을 쥐지 않은 한쪽 손만 빼고 신체의 모든 부위는 은빛 보호

복으로 가려졌다. 우리나라 단체전 경기 도중에 카메라가 상대방 선수의 손목을 크게 비추었는데 맨살에 빛나는 팔찌가 아름다웠다. 너무 아름다워, 그것이 여자의 손인지 남자의 손인지도 잊었다. 보호장비가 없어 가장 위태로운 그곳이 가장 아름답다는 역설에 나는 매료되었다.

장갑을 끼지 않은 손이 흔들릴 때마다 혹시 실수로 살이 베일까 불안했다. 에페보다 사브르가 더 박진감이 넘친다. 후다닥 다가갔다 물러서는 발자국. 검과 검이 부딪치는 소리도 들렸다. 관중이 없는 이번 올림픽에서는 선수의 고함은 물론 혼잣말도 들을 수 있었다. 찌르고 베지만 피는 흐르지 않는다. 어찌 보면 참 웃기는 놀이. 외계인들이 본다면 육상은 이해할지언정 펜싱은 이해하지 못하리.

보호장비를 착용했지만 찌르고 공격한다는 본질은 변하지 않았다. 직사각형의 무대를 고대 로마의 극장처럼 포디움(podium: 연극 노래 등을 관객 앞에서 연기하는 장소)이라 부르는 것도 향수를 자극한다. 국기를 가슴에 달고 메달을 다투는 현대의 검투사들. 유럽선수에 비해 우리 선수들의 팔과 다리는 짧다. 빠른 '발펜싱'을 앞세워 한국은 세계를 제패했다.

이런 싱거운 결승전이 있나? 압도적인 45대 26으로 이탈리아를 제압한 한국남자 사브르는 단체전 우승을 차지했고, 아슬아슬한 역전극 끝에 여자 사브르팀은 이탈리아를 45대 42로 꺾고 동메달을 목에 걸었다. 펜싱 종주국인 이탈리아를 무너뜨리고 눈물을 흘리는 선수들. 이겨도 울고 져도 우는 올림픽.

2. 츠베레프의 눈물: 테니스 남자단식 4강전

나는 노바크 조코비치(Novak Djokovic)의 팬이다. 2018년 호주 오픈을 보며 테니스 팬이 되었고, 16강전에서 정현 선수에게 멋있게 패한 조코비치를 좋아하게 되었다. 부상에서 복귀한 조코비치는 완전한 몸 상태가 아니었지만, 아파서 비명을 지르면서도 3세트 타이 브레이크까지 가는 접전 끝에 경기를 정현에게 내주었다. 경기에서 패한 뒤 정현을 진심으로 축하해주는 모습이 멋있었다.

최근 조코비치는 누구도 꺾을 수 없을 것 같았다. 올해 호주 오픈과 롤랑가로스에 이어 윔블던의 챔피언이 되어 그랜드슬램 20회 우승을 달성했다. 남자 랭킹 1위인 그가 가을에 US오픈에서 우승하면 페더러를 제치고 테니스계의 황제로 군림할 것이다. 윔블던 결승을 치른 뒤라 피곤할 텐데 뭐하러 올림픽에 오나. 30대 중반의 그는 도쿄의 폭염을 견디지 못할 텐데.

나의 걱정은 현실이 되었다. 츠베레프(Alexander Zverev)와의 준결승전. 첫 세트에서 츠베레프를 6대1로 가볍게 이긴 조코비치는 골든 그랜드슬램(한 시즌에 4대 메이저 대회와 올림픽을 제패하는 것)을 향해 순항하는 듯 보였다. 그러나 2세트에서 츠베레프에게 서브 게임을 브레이크 당하며 분위기가 바뀌었다.

젊은 선수가 분위기를 타면 무섭다. 츠베레프는 강한 서브를 앞세워 2세트를 6대 3으로 이겼다. 위기에 몰린 조코비치는 분위기를 바꾸려 샤워를 한 뒤에 코트로 돌아왔지만, 3세트에서도 계속 브레이크 당하며 6대1로 졌다.

조국 세르비아를 위해 단식과 복식에 출전해 쉴 틈이 없었던 조코비치, 최고에게도 인간의 한계는 있었다. 결승 진출을 확정한 뒤 감격에 겨워 눈물을 흘리던 츠베레프. 그 눈물의 힘으로 그는 더 성장할 것이다.

3. 여서정의 일기: 여자체조 도마

올림픽과 월드컵이 사는 이유의 하나인 나는 내 생애 일어난 중요한 사건들을 4년마다 돌아오는 운동제전으로 기억한다. 예컨대 춘천에서 일산으로 이사한 때는 "런던 올림픽이 있던 여름이었어"라는 식으로 말이다.

올림픽과 겹치는 신문 연재 두 꼭지를 열흘 전에 써 두고, 경기에 집중하려던 내 계획은 뜻밖의 방해물을 만나 엉망이 되었다. 이번 여름은 너무 덥다. 에어컨을 설치하지 않아 낮에 집에 있을 수 없어, 오전 11시에 파라솔을 들고 쇼핑센터에 갔다. 낮 경기는 포기할 수밖에. 저녁 5시쯤 귀가해 텔레비전을 틀었는데 여서정이 보였다.

출발대에 선 그녀. 두 팔을 90도 각도로 펼쳐 우아하게 인사하며 생긋 웃는 모습이 얼마나 예쁜지. 그녀의 스텝이 꼬이지 않기를 나는 기원했다. 1분도 안 되는 찰나에 자신의 모든 기술을 보여줘야 하는 도마경기에서 도움닫기는 중요하다. 다행히 다리 스텝이 꼬이지 않았다. 힘차게 뛰어가 뜀틀을 짚고 그녀는 새처럼 날아올랐다. 옆으로 두 바퀴, 착지도 완벽했다. 1차 시기 점수가 높아 금메달을 예상했는데 2차 시기 착지가 불안해 동메달. 아버지 여홍철 교수가 애틀랜타 올림픽에서 했던 것과 비슷한 착지 실수를 했다는 게 재미있다. 체조선수 여서정에게 아버지가 얼마나 절대적인 존재인지.

초등학교 2학년의 여서정은 일기를 쓰며 다짐했다. "내가 체조를 열심히 해서 올림픽에 출전해 금메달은 아니어도 메달을 따서 아빠 목에 걸어 드릴 것이다" 초등학생의 일기가 이렇게 야무질 수 있나, 감탄하며 내 자신을 돌아보았다. 지금은 하늘나라에 계신 아버지. 나는 내 아버지에게 그녀의 메달만큼 값진 선물을 한 적이 있나? 숙제를 마친 그녀가 더 자유롭게 비상하기를….

4. 우상혁의 웃음 : 육상 높이뛰기 결선

이렇게 발랄한 청춘이라니. 손뼉을 치며 관중의 박수를 유도하는, 하얀 이를 드러내고 웃는 아시아의 청년. 긴장보다 즐거움이 진하게 묻어났다. 어떤 한국선수도 넘지 못한 2m35. 자신의 꿈을 향해 뛰어간 그는 장대를 넘었다. 한국 신기록을 갈아치운 우상혁은 땅을 치고 가슴을 두드리며 카메라를 향해 포효했다. 거리낌

없이 자신을 표현하는 그 모습이 보기 좋았다. 좋아서 미칠 것 같은 그도 그날의 주인공이었다. 메달을 따지 않았지만 그는 스타디움을 지배했다. 한쪽은 노란색, 다른 발은 빨간 운동화를 신은 한국 청년은 2m37에 도전했지만 실패했다. 실패한 그는 미소를 잃지 않고 '괜찮아'를 외쳤다. 느닷없는 거수경례로 세계인의 가슴을 흔들고 그는 퇴장했다.

카타르의 바르심(Barshim)선수는 운동장에 누워 쉴 때도 높이뛰기를 할 때도 선글라스를 벗지 않았다. 시선으로부터 자유롭고 싶어서 선글라스를 쓰나? 2m37을 1차 시기에 넘은 카타르의 바르심과 이탈리아의 탐베리는 똑같이 2m39에 도전했지만 실패했다. 심판이 다가와 '점프 오프'로 메달의 색을 가리자고 제안했지만 절친인 두 사람은 공동 금메달을 선택했다.

"그럴 필요가 없어요"라고 바르심이 말했고 둘은 격하게 서로 끌어안았다. 이번 올림픽에서 가장 아름다운 장면이었다. 발목 부상으로 선수 생활이 위기에 처했을 때 서로 격려했던 두 사람. "하나의 금메달보다 좋은 건 두개의 금메달이지요." 라고 말하며 웃던 바르심. 국경을 뛰어넘은 우정에 박수를!

5. 즐긴 자가 진정한 승자: 여자배구 8강전

폐막식을 앞둔 8월 8일 오후, 스포츠 채널에서 "2020 도쿄올림픽 여자배구 승리 세트"를 내보내고 있다. 우리가 이겼던 한·일전과 터키와의 8강전은 몇 달간 재방송될 것이다. 승리는 음미할수록 감미롭다. 패배는 음미할수록 쓰라리다.

세계 랭킹이 높은 (한국 14위, 터키 4위) 나라에 어떻게 역전승이 가능했는지 알려고 경기를 다시 보았다. 터키와 우리는 서로를 잘 안다. 한국 여자배구팀을 이끄는 라바리니 감독과 터키대표팀의 귀데티 감독은 둘 다 이탈리아인, 함께 터키에서 감독생활을 했다. 터키 리그에서 오래 뛴 김연경은 터키 선수들을 잘 알고 있다.

1세트는 25대 17로 터키가 이겼고, 2세트는 우리가 이겼다. 3세트에 듀스를 거듭하다 한국이 28대 26으로 이겼다. 벼랑에 몰린 터키선수들이 반격에 나서 4세트를 가져가고, 5세트에 14대13으로 앞선 우리가 작전 타임을 불렀다. "하나만" "하나"를 외치던 김연경이 강력한 스파이크로 경기를 끝냈다. 올림픽 8강이 처음인 터키선수들이 우리보다 긴장했고, 터키도 우리도 승리가 간절했지만, 한일전 승리로 한껏 고무된 우리 선수들의 자신감이 차이를 만들었다.

일본과 터키를 상대로 5세트 접전을 치러 에너지가 소진된 한국은 브라질과의 준결승에서 힘을 쓰지 못했다. 세르비아에 패해 메달을 따지 못했지만 기적 같은 4강. 마지막까지 자신을 불사른 그녀들에게 축복을! 함께했기에 행복했다. 이것은 끝나지 않는 이야기. 즐긴 자가 진정한 승자이다.

(조선일보, 2021년 8월)

사람 없는 수영장

생일을 며칠 앞둔 추석날, 내가 가장 좋아하는 장소에 갔다. 수영장. 프랑스 화가 드가는 죽기 전에 "나는 정말 데생을 좋아했다네."라고 말했다는데 나는 죽을 때 뭐라고 말할까. 내가 무슨 말을 해도 옆에서 듣고 기억하는 사람이 없으면 세상에 전해지지 않을 테니, 지금 신문지면에 미리 말해두어야겠다. 나는 정말 수영을 좋아했다.

60생일을 맞아 남들처럼 그럴듯한 환갑잔치는 못할지라도 내가 내게 주는 선물이라 여기며 서울의 어느 호텔 한 달 수영장 이용권을 끊었다. 좀 비싸지만 그렇게 지갑을 못 열 정도로 비싸지는 않았다. 대중에게 덜 알려진, 생긴 지 얼마 안 된 호텔에 코로나 때문인지 평일에도 사람이 없었는데 추석엔 수영장은 물론 탈의실과 운동실에도 사람이 없었다.

다른 재주는 없어도 하늘이 내게 주신 재능이 있으니, 바로 사람 없는 수영장과 맛있는 음식점 찾는 재주. 레인에 아무도 없었다. 내 레인은 물론 옆 레인에도 내가 물에서 나올 때까지 아무도! 들어오지 않았다. 이렇게 적막한 수영장은 2017년 3월 어느 날 이후 처음이다.

봄 학기가 시작돼 홍익대체육관이 다시 문을 연 첫날, 아침 일찍 수영장에 갔다가 얼어죽을 뻔했다. 학교 체육관이 문을 닫은 긴긴 겨울방학 동안, 12월에서 3월까지 난방이 한 번도 들어오지 않아 싸늘한 냉기가 도는 여자탈의실. 처음엔 '내가 샤워실을 개시했다!'고 기뻐 날뛰었다.

이 나이에 내가 미쳤지. 열이 뻗쳐도 며칠 기다렸다 아니, 몇 시간이라도 기다려 느지막이 오후에 갔으면 덜 추웠을 텐데. 젊은 애들이 뜨듯하게 데워놓은 뒤에 들어갈 걸…. 물속은 오히려 따뜻했다 온수가 나와서. 춥다고 넌더리 치면서도 30분 헤엄치곤 물에서 나왔다. 오랜만에 갔으니 본전을 빼야지.

아무도 없는 샤워실이 깨끗하다만 뜨거운 물을 계속 틀어놓고 있어도 냉기가 가시지 않았다. 탈의실도 춥기는 마찬가지. 벌벌

떨며 머리도 말리지 않고 밖으로 나왔다. 찬바람 부는 3월의 거리에서 미세먼지 뒤집어쓰고 집으로 걸어가다 감기에 딱 걸렸다.

그리곤 아파서 수영장에 발길을 끊었다가 한 달쯤 뒤에 갔는데, 시험기간이라 수영장이 텅텅 비어 있었다. 안전요원인 아르바이트 남학생은 바닥에 매트를 깔고 누운 건지, 앉은 건지 모를 자세로 뭔가 손에 든 종이를 읽고 있고 (벼락치기로 시험공부 중이겠지) 스피커에서 라벨의 볼레로가 흘러나왔다.

라-라랄라… 신나는 음악을 들으며 무대에 오른 패션모델처럼 춤을 추듯 우아하게 걸어가 물에 몸을 던졌다. 내 생애 가장 잘한 일은 홍익대 대학원에 들어간 거라고 팔다리를 휘저으며 나는 생각했다. 하루 입장권을 끊으려 "졸업생이에요"라고 말하며 졸업증명서를 들이밀 때처럼 내가 자랑스러운 적은 없었다.

홍익대 수영장은 수심이 깊고 다이빙대가 설치되어 있었지만 다이빙을 하지는 않았다. 다이버들이 멋있어 보여 어디 나도 한번 해봐? 객기에 큰맘 먹고 한두 번 다이빙을 시도하기는 했는데, 잘못 입수해 물을 엄청 먹고 창자가 튀어나올 듯 배에 통증을 느낀 뒤 그것만은 못하겠다고 포기했다. 다이빙은 순간이지만 헤엄치는 기쁨은 영원하다.

물에만 들어가면 그때나 지금이나 내 집처럼 편안하니, 참 진작에 수영선수를 했어야 했는데. 내가 왜 배영선수를 하지 않았는지? 육십 인생에 후회하는 게 어찌 그뿐이랴.

(헤럴드경제, 2021년 9월)

중국다운 올림픽 개막식

베이징 동계올림픽이 시작되었다. 개막식은 시시했다. 개막식 총감독을 맡은 장이머우 감독이 예고한 대로 깜짝 놀랄만한 성화 점화를 기대했는데, 운동장 한가운데 설치된 눈꽃 모양의 성화 안치대에 불을 지핀 것이 전부였다. '설마 뭐가 더 있겠지…' 기대하며 지켜보았지만 그게 끝이었다. 화려한 불꽃놀이 뒤에 찾아온 허전함. 코로나 팬데믹 시대에 걸맞게 돈을 적게 들이고, 사람들을 덜 동원하고 대면 접촉을 줄이고 에너지를 많이 소모하지 않는 퍼포먼스를 추구한 것까지는 좋은데 그래도 이건 아니지 않나. LED 첨단 기술로 24절기를 표현한 장면은 괜찮았는데 어린 아이들을 여러 차례 동원해 눈에 거슬렸다. 저비용에 화려한 불꽃놀이, 아이들을 볼거리로 전시했던 개막식은 어찌 보면 실용을 추구하며 교육을 중시하는(혹은 교육에 집착하는) 중국다운 개막식이었다.

2018년 평창 동계올림픽, 2021년 도쿄 하계올림픽, 2022년 베이징 동계올림픽, 공교롭게도 최근 세 번의 올림픽이 다 아시아에서 치러졌다. 세계 속에 아시아의 높아진 위상을 증명하는 신호이리라. 연달아 아시아의 세 나라에서 열리는 올림픽은 내게 (그리고 지구촌의 관중들에게) 아시아 세 호랑이의 스포츠에 대한 태도, 서로 다른 문화를 비교해 볼 좋은 기회다. 지난해 열린 도쿄올림픽 개막식도 참담하리만큼 재미가 없었다. 소박한 것까지는 좋은데 뭐랄까, 코로나에 짓눌려 기를 펴지 못하는 일본이랄까. 올림픽을 몇 달 앞두고 여네 마네 논란이 일고 올림픽 개최에 반대하는 도쿄 시민들의 인터뷰를 보며, 자신감을 잃은 일본을 확인했다.

코로나 대유행 때문에 한 해 뒤인 2021년 여름으로 미뤄진 '유로 2020'은 유럽의 11개 도시가 참여하는 '낭만적인' 방식으로 치러졌고 경기장마다 관중의 환호성으로 가득했다. 코로나19로 유럽에서 가장 큰 피해를 입은 이탈리아가 우승한 것은 우연이 아니라 필연이었다. 이탈리아 선수들은 애국심이 강하고 위기에 강하다.

관중이 없는 베이징올림픽은 재미가 덜하다. 내가 올림픽이나 월드컵 같은 국제 스포츠 행사를 좋아하는 이유 중 하나가 사람 구경인데, 경기를 치르는 선수들과 코치 그리고 방송 중계진과 대회 관계자들만 보이다니. 관중의 소음이 없으니 중계진의 소리가 더 크게 들린다. A방송사의 올림픽 경기 중계를 시청하는데 (바로 옆에서) B방송사 아나운서의 소리가 같이 들려 경기에 집중하는 걸 방해한다. 내가 언어에 민감한 사람이라 더 불편한지도 모르겠다. 말이 나온 김에 한국 지상파 방송들 올림픽 중계의 문제점을 짚어보겠다.

1. 한국선수들의 메달 밭인 쇼트트랙이나 피겨스케이팅 같은 인기종목에 치중하지 말고 우리나라 선수들이 출전하지 않는 비인기 종목의 예선 경기들도 생중계하면 좋겠다. 스포츠를 사랑하는 나는 한 경기도 놓치고 싶지 않다.

2. 중계진의 목소리가 부자연스럽게 크고 호들갑스럽다. 시청자의 관심을 이끌어내려 그러는 것 같은데, 경기에 동화되어 자연스레 흥분해 내는 소리와 (아나운서 본인은 경기 그 자체에 별로 관심이 없는데) 억지로 지르는 소리는 다르다. 한국 방송 캐스터들의 목소리가 거슬려 때로 나는 텔레비전 소리를 죽이고 경기를 시청한다.

이제 잔소리 그만하고 다시 경기를 봐야겠다. 잘 익은 치즈와 와인을 마시며 아름다운 육체의 향연을 음미하련다.

(헤럴드경제, 2022년 2월)

그 순간에 그것이 되는 것

어릴 적 누가 내게 꿈이 뭐냐고 물으면 나는 왠지 주눅이 들었다. 스무 살이 되기까지, 아니 서른 살이 되도록 내가 뭐가 되고 싶은지에 대해 확신이 들지 않았다. 아버지가 어린 내게 심어준 최초의 꿈은 '외교관'이었다. "우리 영미는 크면 외교관 만들 거야." 가끔 당신은 외교관보다 더 크고 거대한 (당신의) 소망을 내가 듣는 곳에서 발설했는데, 어린 나는 외교관이든 판사든 그게 그거라고 생각했다.

언젠가 단짝 친구가 내게 꿈이 뭐냐고 물어봤을 때, 갑자기 멍해져 무슨 말을 할지? 꿈이 너무 많아 뭘 먼저 말해야할지 고민하지 않았나. 외교관, 현모양처, 꽁꽁 얼어붙은 백사실에서 뒤로 8자를 그리며 피겨스케이트 선수를 꿈꾼 적도 있었다. 선수용 수영복을 입은 나를 상상하기만 해도 행복했었다. 시와 문학을 좋아해 줄줄 외우고 다녔지만 작가가 되겠다는 야무진 욕망을 오래 품지는 않았었다.

어린 내가 정말 열중했던 건 운동이었다. 줄넘기 (쉬지 않고 앞뒤로 500번을 넘을 수 있었다), 고무줄 넘기 (우리 동네를 평정하고 이웃 동네로 원정 가서 놀았다. 내 키가 큰 것은 국민학생 때 고무줄 넘기 덕분 아닐까?), 국민학교 고학년부터는 수영과 스케이팅에 미쳐 있었다.

내가 살던 서울의 세검정은 1970년대만 해도 시골이었고, 산 좋고 물 맑은 동네였다. 문 밖을 나가면 열 발짝도 안 돼 개울이 콸콸 흘렀고, 조금 걸어서 구기동 골짜기로 들어가면 '백사실' 연못이 있었다. 겨울에 북한산에서 내려온 물이 얼면 남자애들은 개울에서 썰매를 타고 여자애들은 백사실로 몰려가 스케이팅을 즐겼다. 우리 집은 가난해 내게 스케이트를 사 줄 형편이 못 되었지만 부모님을 조르고 졸라 피겨 스케이트를 샀다. 세검정 국민학교 운동장을 겨울에 얼려 스케이트장을 만들었고 어깨 너머로 친구들의 동작을 따라하며 스케이팅의 기본을 배웠다.

여름에는 북한산 물을 막아 만든 물웅덩이에서 물장구를 치다, 평창동에 새 호텔이 들어선 뒤 동무들을 따라 호텔 수영장으로 진출했다. 운동 취미를 통해 어린 내가 배운 건 무엇일까? 그 순간에 그것이 되는 것, 열정이었다. 운동은 또한 내게 승리든 패배든 그냥 받아들여야 한다는 교훈도 주었다. 농구로 유명한 선일여고를 다니며 학급대항 농구대회에서 다른 반에 졌을 때, 내가 감당하기 힘든 패배감에 무척 힘들었던 기억이 난다. 며칠 지나 나를 이긴 상대 공격수를 (그애를 내가 막지 못해 우리반이 졌다) 집 근처 골목에서 마주쳤는데, 날 알아보고 환히 웃으며 아는 척하는 그애에게 나도 웃어주었다. 야~ 너 우리 동네 사는구나.

젊을 때 운동을 많이 하라고 학생들에게 말하고 싶다. 늙으면 농구나 축구 같은 격렬한 운동은 하고 싶어도 못한다. 운동 종목 한두 개는 취미 삼아 배워두는 게 좋다. 나중에 사회생활을 하며 누굴 만나든 같이 운동을 하며 친구가 될 수 있다. 몸을 움직이면 기분이 좋지 않은가. 어떤 고민이 있더라도 햇빛을 받고 걸으면 마음이 좀 가벼워지지 않나.

(동대신문, 2022년 2월)

손흥민 선수의 추억

십여 년 전, 분데스리가에 진출한 어리고 앳된 손흥민 선수를 독일에서 만나 인터뷰한 적이 있다. 북유럽의 낭만을 간직한 항구 함부르크, 도시 곳곳 다리 밑에 얼음이 둥둥 떠다니는 아주 추운 2월의 어느 날이었다. 지하철 지도를 보며 어찌어찌 찾아간 함부르크 구장, 약속장소인 카페에서 손흥민 선수와 그의 아버지를 만나 인터뷰를 진행했다. 팔자에 없는 기자 노릇을 하려고 녹음기와 카메라를 들이대고 미리 준비해간 질문들을 던지며 나는 다소 무례했을 것이다.

"좋아하는 독일 노래가 있나요?"라는 질문에 손 선수는 금방 대답을 하지 못했다. 한국 노래를 즐겨 듣는다는 그의 말을 듣고, 독일에서 독일 노래를 듣는 한국 청년을 기대했던 나는 약간 실망했다.

그 무렵 나는 그의 잠재력이 만만치 않음을 알았지만 오늘날 처럼 대단한 선수로 클 줄은 몰랐다. 그는 영국 프리미어 리그에서 50골 이상을 득점한 최초의 아시아 선수이며, 모하메드 살라(Mohamed Salah)를 제치고 득점왕이 될 수도 있다. 5월 15일 런던의 토트넘 홋스퍼(Tottenham Hotspur) 스타디움에서 치러진 번리와의 경기에서 손 선수는 선발로 출전해 맹활약했지만 골을 넣지는 못했다. 골을 넣어 현재 득점 선두인 리버풀의 모하메드 살라와의 득점 차이를 없앨 기회가 왔지만, 패널티킥을 해리 케인에게 양보하며 팀의 승리를 도왔다.

경기 뒤 인터뷰에서 손 선수가 말했듯이 "득점왕 욕심이 없다면 거짓말이지만" 팀의 챔피언스리그 진출이 더 중요했다. 꿈의 무대인 챔피언스리그에 진출하려면 리그 4위 안에 들어야 한다. 아스널과 4위를 놓고 경쟁 중인 토트넘은 번리와의 경기에서 승리가 절실했다. 번리와의 홈경기에서 1대 0으로 승리한 뒤 치러진 '토트넘 올해의 선수' 시상식에서 3관왕을 차지한 손흥민 선수는 "이 경기장에서 뛸 수 있어 나는 세상에서 가장 행복한 사람… 나는 내 꿈을 이뤘다. 여기까지 오기 위해 나는 열심히 노력했다." 고 말하며 밝게 웃었다. 그런 그가 자랑스럽고 또한 부럽다. 서른 살에 세상에서 가장 행복한 사람이 되는 기분은 어떨까? 나는 내 꿈을 실현하기 위해 그처럼 열심히 노력한 적이 있던가?

5월 23일 리그 마지막 경기에서 손흥민이 골을 넣고 살라가 골을 넣는데 실패한다면, 손흥민은 살라와 공동 득점왕이 된다. 유럽 축구를 제패한 손흥민에게 환호가 쏟아지고 대한민국이 발칵 뒤집힐 것이다. 축구의 본가 영국에서 이룬 성과이기에 그 의미가 더 크다.

꿈을 현실로 만든 손흥민 선수의 뒤에는 그의 아버지가 있었다. 국내 어느 신문에 유럽 축구기행을 연재하던 당시, 춘천에 살던 나는 춘천 출신의 손 선수에게 각별한 관심이 있었다. 그의 빠르고 정확한 드리블과 감각적인 볼 터치가 피나는 연습의 결과임을 손 선수의 아버지를 만나 확인했다. 경기가 없는 날이면 거의 매일 개인 연습을 하게 한다는 아버지 겸 코치가 있었기에 손흥민 선수가 세계적인 선수로 크지 않았나. 아직 끝나지 않은 손흥민 선수의 도전을 응원하며 나도 내 꿈을 위해 앞으로 나가련다.

(『시사저널』 2022년 5월)

다시 월드컵을 기다리며

지금도 그때를 생각하면 부끄러워 어디로 숨고 싶다. 2002년 한일월드컵이 한창이던 2002년 6월, 서울 상암구장에 몰래 잠입했다가 청와대 경비대장에게 딱 걸려 혼이 난 적이 있다. 무덤까지 갖고 갈 비밀이라 내가 펴낸 축구산문집에도 쓰기를 주저했는데 불쑥 튀어나오는 기억을 여기 털어놓으려다. 열광적인 축구팬이었던 나는 상암구장의 잔디밭을 내 발로 밟아보고 운동장에 서면 어떤 기분일까? 알고 싶었다.

상암에서 월드컵 경기가 열리지 않는 어느 날 경기장에 도착해 경비원에게 내 신분을 밝히고 어찌 어찌하여 (내가 어떻게 출입허가를 얻는데 성공했는지 오래전 일이라 나도 잊었다. 신문에 '축구에 관한 글을 기고하는 작가'라는 허명을 팔았을 게다) 운동장 한가운데 섰다.

곱게 손질된 잔디밭은 아름다웠다. 눈부시게 푸른 하늘을 올려다보고 관중석을 둘러보다 VIP석 근처에서 날카로운 시선과 마주쳤다. 덩치가 어마어마한 개가 내 눈에 들어오자 심장이 뛰었다. 나는 개를 아주 무서워한다. 며칠 뒤 한국 팀의 경기를 관전할 김대중 대통령의 신변안전을 위해 경기장을 둘러보던 청와대 경비대장 옆에 거대한 개가 혀를 날름거리며 날 내려다보았다.

관중석에서 내려온 그는 날 노려보며 누구냐고 물었다. “누구야?” 묻는 그의 기세에 질려 뭐라고 답을 못하는데, 내 옆에 있던 사람 좋은 경비원이 (그는 내가 구장을 출입할 때부터 동행하며 라커룸 등 시설을 안내했다) “시인입니다”라고 대답했다. ‘시인’을 성이 ‘시’이고 이름이 ‘인’인 사람인 줄 안 경비대장에게 내 주민등록상의 이름을 말해주고 나는 그의 경계에서 풀려났다.

선수들 샤워실 거울에 그려진 하트, 라커룸을 청소하던 청소부들이 립스틱으로 그려 넣은 응원문구가 생각난다. 우리는 그들을 사랑했었다. 스페인과의 짜릿한 승부차기 끝에 4강에 진출한 날의 감격을 내가 잊을까. 거리로 쏟아져 나와 춤을 추던 사람들, 독일에 패하며 결승 진출에 실패했지만 월드컵 4강! 우리도 놀라고 세계도 놀랐다. 지금 세계를 사로잡는 한류 문화의 열풍도 2002년 월드컵 4강이 없었다면 불가능했을 게다. 한국이 어디에 있는지 모르던 사람들도 한국의 응원문화가 흥미롭고 한국 축구대표팀은 투지가 넘친다, 한국은 역동적인 나라라는 사실을 세계가 알게 되었다.

일제의 식민지배와 한국전쟁을 겪고 삼십여 년간 지속된 군사독재를 자신들의 손으로 끝장낸 한국인들의 허파는 '아시아의 자존심'으로 부풀어 지금 다시 월드컵 16강을 꿈꾸고 있다. 6월 14일 대한민국은 월드컵 본선에 진출하지 못한 이집트를 상대해 4대1로 승리했지만 수비 불안이 해소되지 않았고 경기 내용은 만족스럽지 않았다. 경기 이틀 전에야 한국에 도착해 피곤한 이집트 선수들을 상대로 4골을 넣었다고 승리에 도취하면 안 된다.

브라질과의 친선경기에서 우리는 5골이나 내주었다. 국가대표팀 경기에서 2골 이상의 실점은 실력 차이라기보다 수비 조직과 정신력이 무너진 결과다. 우리가 이집트와 경기한 날, 네이션스리그(Nations League)에서 영국이 헝가리에 0대4로 패했다. 홈에서 백 년만의 참패라고 언론에서 난리가 났고 영국팀의 주장 해리 케인은 이렇게 말했다 "잊고 싶은 밤이다. 그러나 우리는 여기서 교훈을 얻고 앞으로 나아가야 한다."

(『시사저널』 2022년 6월)

가장 재미난 이야기

지금 내게 가장 재미난 이야기는 '스포츠'이다.

관심을 갖고 지켜보면 모든 경기에는 이야기가 있다는 것을 알게 된다. 경기 전부터 시작된 이야기가 경기를 지배하고 때로는 승부를 결정짓기도 한다. 내가 프로야구 두산 베어스의 팬이었을 때, 봄부터 가을까지 두산의 경기를 매일 시청했고 1회에 등판하여 몸을 푸는 투수의 눈빛과 몸짓을 보며 게임의 승패를 가늠해 보기도 했다.

'오늘 경기는 어렵겠군' 혹은 '이 투수는 자신감이 없어 보여. 김현수와 정면 승부할 배짱이 없어 고의4구로 김현수를 피해 갈 거야. 그러다 뒤에 오는 타자들한테 홈런 한 방이 터지거나 밀어내기로 오늘도 두산이 승리한다'. 나의 예측이 빗나갈 때도 있었지만 타이틀이 걸린 중요한 경기에서 나의 예감은 거의 들어맞았다.

내가 응원하는 두산 베어스와 상대 팀에 대한 자료를 연구해 데이터가 많으면 많을수록 경기 결과에 대한 적중률이 높아졌다. 스포츠는 이야기이며 또한 과학이기도 하다.

볼도 건드려 안타를 만드는 김현수의 집중력과 뛰어난 개인기, 유희관의 구수한 입담과 재치를 나는 사랑했다. 김현수나 유희관은 자신만의 철학이 있었고, 그 철학을 자신의 언어로 전달하는 능력이 탁월했으며 위기에서도 냉정을 잃지 않았다.

잠실구장에서 김현수의 등번호가 새겨진 두산 베어스의 유니폼을 입고 시구를 했던 일은 내 평생 자랑이며 영광이다. 춘천에 살며 축구와 야구 경기를 보며 중년의 위기를 넘겼다.

춘천의 아이들은 축구 아니면 야구에 미쳐 있었다. 내가 살던 아파트 단지의 운동장은 사이좋게 축구와 야구로 영역이 나뉘어 각자 게임을 즐겼다. 놀이터에서 손에 글러브를 낀 남자아이들이 야구방망이를 휘두르는가 하면, 공원의 공터에서는 여자아이들도 가세해 남녀가 섞이어 공을 차고 놀았다. 한일 월드컵 직후엔 축구가 대세였고, 베이징 올림픽 뒤에는 야구가 폭발적인 인기를 끌어 그즈음 오며 가며 마주친 남자아이들 손에는 죄다 글러브와 방망이가 들려 있었다.

애들은 밥만 먹으면 공을 차러 나오는 것 같았다. 운동장 한가운데에서 경기가 벌어지면 하얀 선 밖의 자투리 공터에서 트레이닝복 차림으로 몸을 풀거나 줄을 맞춰 걸으며 교련 연습을 하는 학생들이 있고, 어디에도 끼지 못한 동네 조무래기 하나가 운동장 주위를 맴돌며 형들이 노는 걸 부러운 듯 쳐다보고 있다. 어울려 놀지 못해 구석으로 밀려나 농구 골대 밑을 부지런히 움직이는 손… 그 간절한 그 눈빛을 나는 이해한다.

서울로 이사해 장편소설 연재를 시작하며 나는 운동 경기에서 멀어졌다. 매일 하는 야구는 물론 주말에 축구 경기를 시청하는 재미도 한동안 잊고 살았다. 폭풍이 휘몰아치듯 요란하고 사건 사고가 많았던 오십대를 보내고 요즘 다시 한가해져 스포츠 경기를 보는 재미에 빠져 산다.

스포츠와 독서는 내 인생을 열고 닫는 열쇠이다. 힘들 때 나는 스포츠에 의지했다. 게임에 대한 지나친 열정은 때로 내 인생에 치명적인 독이 되었지만 슬픔과 고통을 잊게 하는 데 스포츠만한 게 없다. 오는 11월에 카타르에서 월드컵이 시작되는데 푸른 잔디밭 위에서 또 어떤 이야기가 펼쳐질지. 새로 떠오를 별은 누구일지 벌써부터 기대된다.

(헤럴드경제, 2022년 6월)

사랑한 대가

나는 연휴를 좋아하지 않는다. 상점들이 문을 닫는 긴긴 연휴를 앞두고 생존을 위해 미리 장을 보고, 냉장고 안을 꽉 채우는 것을 싫어하는데도 만일을 위해 조금 과하다 싶게 과일과 유제품 라면 등을 사 놓는다. 연휴가 끝날 즈음에는 남은 음식을 처치하는 게 골칫거리다.

야구와 축구 그리고 테니스 경기를 보며 추석 연휴를 보냈다. 경기 그 자체를 즐기는 편이지만 자꾸 보다 보면 좋아하는 선수가 생기기 마련이다. 내가 좋아하는 팀, 내가 좋아하는 선수가 있으면 경기가 더 흥미진진해진다. 내가 응원하는 팀이 이기면 신이 나서 하루가 즐겁고 그 다음날 아침까지 흥분이 가시지 않아 삶의 에너지가 솟구치지만, 내가 응원하는 팀이 지면 기분이 착 가라

앉고 우울해진다. 사랑한 대가이다. 사랑하지 않으면 슬픔도 없고 환희도 없다.

사랑했기에, 삼진을 먹고 돌아서는 그 모습조차 아름답게 보인다. 추석날 LG 트윈스의 거의 모든 선수들이 안타를 치며 삼성 라이온스를 큰 점수 차로 이겼다. 필요할 때 한 방을 터뜨린 김현수의 안타, 오지환의 쐐기 홈런도 멋졌지만 내 뇌리에 가장 깊이 각인된 장면은 처음 타석에 들어선 1번 타자 박해민의 홈런이었다. 예기치 않은 홈런으로 분위기를 가져오며 트윈스가 이겼다. 박해민에게는 놀라운 무언가가 있다. 어쩜 몸이 그렇게 날렵하나. 경기 후반에 삼진을 당하고 (방망이를 휘두르던 반동으로 몸이 회전하다) 돌아서는 그 모습도 우아하고 아름다웠다.

지더라도 '오지환의 만루 홈런은 멋있었어' 라고 자위하며 완전히 허무하지 않게 하루를 마감하는 법을 요즘 나는 체득했다. 승률이 선두를 달려도 늘 이길 수는 없어, 지는 것을 받아들여야 한다. 졌다고 선수들에게 SNS로 쌍욕을 퍼붓는 몰지각한 팬들 때문에 선수들이 상처받지 않기를 바란다. 정말 좋아한다면 이기든 지든 그와 운명공동체가 되는 것. LG 트윈스의 승률이 6할을 넘어, 연패가 드물어 이틀 연속 내 기분이 내려가는 일이 일어나지 않으니 선수들에게 고맙다.

이기고 잘하는 팀을 좋아하기 마련인데 꼴찌 한화를 응원하는 팬들이 존경스럽다. 1위인 SSG에 세 게임 뒤지는 LG가 남은 경기를 다 이겨서 우승하기를 기도한다. 경기를 지배해서 별명이 '오지배'인 주장 오지환이 부상 없이 시즌을 마친다면 LG가 우승할 확률이 높다. 무리하게 도루를 해서 다치지 말고 불타는 방망이를 믿고 끝까지 밀어붙이면 승산이 있다. 다들 피곤한데 작전을 많이 걸면 선수들이 집중하기 어렵다. 도루나 번트를 자제하고 위기 상황에서도 볼 배합을 포수에게 맡기고 선수들을 믿고 가면 천운이 따르지 않을까.

고교야구에 심취해 내 방에서 라디오를 틀어놓고 스트라이크와 볼 판정에 숨을 죽였다. 하굣길에 야구를 잘하는 충암고와 신일고의 야구단 버스가 지나가면 여고생의 가슴은 울렁거렸다. 방과 후에 급우들과 야구장에 가며 무슨 대단한 일탈이라도 한 듯 흥분했었지. 최동원 투수를 보러 가자고 나를 꼬신 그녀의 이름은 잊었지만 그날의 설렘은 내 가슴에 남아 있다. 그녀는 지금 어디에 있을까. 옛 친구를 만나 야구로 밤을 새우면 얼마나 좋을까.

(헤럴드경제, 2022년 9월)

스포츠와 독서

그녀는 오늘 무슨 책을 읽었을까? US오픈 여자단식 결승전을 앞두고 경기장에 모습을 드러낸 폴란드의 테니스 선수 이가 시비옹테크(Iga Swiatek)를 보며 나는 궁금했다. 책 읽기를 좋아해 경기 전에 아가사 크리스티의 추리소설을 읽는다는 그녀가 첫 US오픈 결승전을 앞두고 무슨 책을 읽었을까? '여자 나달'처럼 힘이 넘치는 21살의 시비옹테크. 힘은 좀 떨어지지만 다양한 기술을 구사하는 튀니지의 온스 자베르(Ons Jabeur). 둘 다 내가 좋아하는 선수들인데 누구를 응원할까? 경기가 시작되기 전에 몸을 푸는 그녀들을 보며 내가 누구를 더 좋아하는지가 분명해졌다.

라켓을 들고 긴장한 기색이 역력한 자베르를 보니 마음이 짠해졌다. 올해 윔블던에서도 결승에 올랐으나 아깝게 우승을 놓친 자베르가 이번에는 타이틀을 가져가기를 나는 바랐다. 자베르가 이긴다면 아프리카 국적의 여성 최초로, 아랍권 국가 남녀 통틀어 최초의 그랜드 슬램 테니스 단식 우승이라는 역사를 쓰게 된다. 튀니지에서 '행복 장관'으로 불리는 자베르는 아랍 여성들의 희망이며 아프리카 소녀들의 좋은 본보기다. 자베르가 우승한다면 아랍과 아프리카의 자존심이 올라가고 '나도 그녀처럼 될 수 있다' '우리에게도 미래가 있다'고 믿는 사람들이 늘어나리라. 총 대신에 테니스 라켓을 든 젊은이들이 늘어나기를 나는 희망한다.

한 경기를 보며 얼마나 많은 생각을 할 수 있나, 내기를 한다면 내가 이기리라. 작년에 윔블던 경기 도중, 코트 뒤에 (음식물을) 토하는 모습을 본 뒤 나는 자베르에게 반했다. 경기에 열중해 (카메라가 자신을 잡는지도 모르고?) 관중들에게 잊지 못할 장면을 보여준 그녀. 경기 중에 토할 정도로 컨디션을 조절하지 못하다니. 가난한 나라에서 여기까지 오느라 얼마나 고생했을까. 그녀에게 맞춘 식단을 짜줄 전담 요리사도 없겠지. 물리치료사는 있겠지만, 시비옹테크처럼 심리치료사가 있어 매일 그녀의 심리상태를 확인하지는 못하리라. 프랑스 오픈 경기 내내 『바람과 함께 사라지다』를 읽고 있던 시비옹테크에게 그녀의 심리치료사는 경기를 앞두고 마지막 장을 읽지 말라고 경고했다고 한다. 소설의 마지막이 슬퍼서, 레트 버틀러가 스칼렛 오하라를 떠나는 장면을 읽다가 그녀가 울까봐, 울다가 코트에 나오면 경기력이 떨어질까봐 그녀의 심리치료사는 '너 어디까지 읽었니?'라고 물으며 시비옹테크의 독서 진도를 확인했다.

자베르의 코치가 백인이 아니라 튀니지인이라는 것도 내 시선을 끌었다. 최고 수준의 아시아 아프리카 선수들은 보통 자국 출신이 아니라 외국인 코치를 둔다. 히딩크가 없었다면 한국의 월드컵 4강이 가능했을까? 브라이언 오서 코치가 없었다면 김연아 선수가 올림픽 금메달을 딸 수 있었을까. 세계 테니스의 변방인 튀니지의 온스 자베르가, 여성들 머리에 수건을 두르게 하는 아랍 국가의 여성이 신체의 상당 부분이 드러나는 운동복을 입고 튀니지인 감독 밑에서 훈련해 그랜드 슬램 결승까지 올라왔다는 사실이 나는 놀랍다.

3세트까지 가는 치열한 접전이 될 줄 알았는데, 경기는 시비옹테크의 일방적인 승리로 끝났다. 뉴욕의 테니스 경기장 바닥에 (9·11테러를 기념하는) "9/11/01"이 선명하게 새겨진 9월 11일, 코트의 주인공이 아랍권의 자베르였다면 뉴욕 시민들의 반응이 엇갈렸을지도 모르겠다. 경기가 끝난 뒤 US오픈 여자단식 챔피언 시비옹테크에게 우승 상금 260만 달러 수표를 전달하며 사회자가 소감을 물었다. “그게 현금이 아니라 다행이에요.” 독서를 많이 한 그녀는 유머 센스도 뛰어나다.

(『시사저널』 2022년 9월)

아랍의 재발견

카타르 월드컵에서 아시아의 매운맛을 보여준 선수들이 자랑스럽다. 브라질이라는 큰 산을 넘지는 못했지만 실망하지 말자. 경기가 끝난 뒤 운동장에서 고개를 떨군 선수들. '국민들 기대에 못 미쳐 죄송하다'는 손흥민 선수의 인터뷰를 보며 마음이 짠했다. 왜 선수들이 국민들에게 죄송해야 하나. 여기까지 온 것만 해도 얼마나 대단한데, 월드컵에서 1승도 하지 못한 나라들이 수두룩하다.

후반에 들어간 백승호 선수를 보고 나는 자세를 고쳐 앉았다. 브라질의 골망을 흔든 그의 골은 한국 축구의 자존심을 살린 소중한 골. 월드컵을 앞두고 어느 신문에 기고한 글에서 백승호 선수의 활약이 기대된다고 썼는데, 내 예언이 맞아서 더 기쁘다.

중동에서 처음 개최되는 카타르 월드컵을 앞두고 서방 언론들은 '카타르의 축구장 건설 현장에서 외국인 노동자 6000여 명이 사고로 목숨을 잃었다' '동성애를 법으로 금지하는 인권 후진국 카타르' 등 부정적인 기사들을 쏟아냈다. 그런데 월드컵 개막 하루 전 FIFA(국제축구연맹) 회장인 지아니 인판티노(Gianni Infantino)의 아주 시적인 연설로 이전의 논란들이 잠잠해졌다.

"오늘 나는 카타르. 오늘 나는 아랍인. 오늘 나는 아프리카인. 오늘 나는 동성애자. 오늘 나는 장애인, 이주 노동자 (Today I feel Qatari. Today I feel Arab. Today I feel African. Today I feel gay. Today I feel disabled. Today I feel a migrant worker…)"라고 포문을 열며 그는 카타르의 인권침해를 말하는 서방 언론들을 향해 '위선자'라고 공격했다.

"이중적인 기준이 있다. 나는 유럽인이다. 누가 이주 노동자들을 도왔나? 월드컵이 그들에게 일거리를 주었고… 우리가(유럽인이) 지난 3000년 동안 (중동과 이 세계에) 해온 짓에 대해 우리는 앞으로 3000년 동안 사과해야 한다."

유럽 제국주의가 인류에 저지른 악행에 대해 국제축구연맹 회장에게서 사과의 말을 들을 줄이야. 그의 연설을 들으며 나는 '감동'이라고밖에 표현할 수 없는 강렬한 정서적 충격을 받았다. (유엔 사무총장도 아니고) FIFA 회장이 지난 3000년 간 유럽인들이 저지른 범죄를 언급하다니. 사석이 아니고 수백 명의 기자가 모인 공식석상에서!

인판티노의 'I feel' 연설을 들으며 서방 언론에 휘둘려 카타르에 대해 부정적인 선입견만 가졌던 나를 반성했다. 시구처럼 반복된 'I feel'이 그의 연설을 더 빛나게 만들었다. 그는 아마 시를 아는 사람일 게다.

아랍의 고유한 문화를 보여준 개막식도 멋있었다. "서로 다르지만 우리는 서로에게서 배울 수 있다"는 메시지. 개막을 알리는 카타르 국왕의 입에서 나온 '알라 신'을 전 세계가 들었다. 월드컵 개막식에 '알라 신'이 등장하다니. 이번 월드컵은 중동의 미래를 바꾸고 어쩌면 세계사를 바꿀지도 모른다. 카타르 월드컵은 더 많은 사람이 이슬람과 아랍문화에 친숙해지는 계기가 되었다. (이슬람 문화에 적대적이거나 관심이 없었던) 유럽의 축구팬들이 카타르 전통 모자를 쓰고 경기장에 앉아있는 모습은 보기 좋았다. 아르헨티나를 꺾은 사우디아라비아, 그리고 경기 그 이상의 무게가 느껴진 이란 대표팀을 보며 나는 아랍 팀들을 응원하게 되었다. 내가 사우디아라비아를 응원할 줄이야. 축구의 힘은 참으로 대단하다.

92년 월드컵 역사상 처음 여성 심판들이 독일과 코스타리카 경기의 주 · 부심을 맡는다는 뉴스를 보고, 여성이 휘슬을 부는 현장을 보려고 새벽에 깨어 채널을 돌렸다. 대한민국의 지상파 3사는 그날 그 시간에 모두 일본과 스페인 경기를 생중계해, 프라파르 심판이 관장하는 독일과 코스타리카의 조별리그 경기를 보고 싶어도 볼 수 없었다. 재방송이라도 볼까 싶어 다음 날 이리저리 채널을 돌렸으나, 짤막한 하이라이트만 나오지 우리나라 언론이 그렇게 떠들어대던 '최초의 여성 심판'이 경기장을 뛰어다니는 모습은 볼 수 없었다.

대한민국의 지상파 방송 3사는 부끄러움을 알아야 한다. SBS, MBC, 그리고 KBS에도 생방송 월드컵 경기 중계에 참여하는 여성은 한 명도 없었다. 아나운서도 해설진도 모두 남자! 여성의 목소리가 들리지 않는 방송이라니. 월드컵 경기 중계 전후로 방송국에서 미리 만들어 내보내는 (자사 중계진이 얼마나 화려한지를 보여주는) 홍보용 영상 사진도 보기 불편했다. 조폭처럼 똑같은 양복을 위아래로 차려입은 신사들이 위압적인 포즈로 화면을 가득 채우는데, 월드컵이 남성들만의 축제인가. 여성 축구팬이 얼마나 많은데….

(『시사저널』 2022년 12월)

---

* 이 글에 인용된 인판티노의 연설은 방송을 들은 뒤 필자가 재구성한 것입니다. 정확한 인용을 위해 그의 연설 전문을 옮긴 기사를 찾으려 했으나 찾지 못했습니다.

최고 최강의 월드컵 : 카타르 2022

다들 메시 메시 난리치는데 저는 디 마리아(Di Maria)가 더 대단하다고 생각해요. 메시와 비슷한 나이의 공격수인데, 모든 영광이 메시에게 돌아갈 줄 알면서도 (질투하지 않고) 팀을 위해 헌신, 아르헨티나가 우승하기까지 중요한 골을 디 마리아가 넣었고 누구보다 열심히 뛰었어요.

전 한 번도 메시의 플레이에 감동한 적 없어요. 공을 잘 안 뺏기고 패스가 좋고 골을 쉽게 넣는 그의 능력은 인정하나, 메시의 골은 지루해요! 제가 꼽는 우리 시대 최고의 골잡이는 즐라탄 이브라히모비치(Zlatan Ibrahimović)! 유로 2004에서인가? 태권도의 뒷발치기 같은 골에 완전 감동했어요. 단 한 번의 골로 축구선수는 세계를 감동시킴. 단 한 편의 시로 시인이 기억되듯이. 즐라

탄의 아름답고 예술적인 골에 반해 그의 자서전도 사서 읽었어요. 말도 얼마나 잘하는지! 그의 촌철살인 유머는 유명하지요.

원래 어느 신문에 월드컵 기간 중 축구 에세이를 연재하기로 했는데, 내 정신과 육체의 건강을 위해, 밤새 경기 보고 메모하고 마감에 쫓기면 경기를 즐기지 못할 것 같아 개막식을 앞두고 못 쓰겠다고 했어요. 만약 썼다면 한국 저널리스트 최초로 기사 쓰다 돌연사했을지도 몰라요. 이 나이에 축구 보다 죽으면 행복한 죽음이겠으나 신이 제게 다른 할 일을 남겨 놓으셨나. 손흥민의 놀라운 드리블에 황희찬이 골을 넣은 장면이 내겐 최고의 명장면. 조별 경기에서 나온 브라질 선수 히샬리송(Richarlison)의 골이 'The best goal.'

최고 최강의 월드컵이 된 이유: 유럽 리그 중에 열려 선수들의 체력도 정신력도 신선한 상태였지요. 이전의 월드컵은 유럽의 프로축구 리그가 끝난 뒤 6월에 열려 이미 지칠 대로 지친 선수들은 마지막 힘을 짜내야 했습니다. 점유율의 축구에서 '역습의 축구'로 세계 축구는 진화하리라.

이제 무슨 재미로 사나? 요즘 동양사 공부방에서 유목 민족 몽

골 역사 듣는 재미로 살아요. 머리맡에 동영상 강의 틀어놓고 누우면 잠 잘 자요. 최고의 수면제를 선물해준 만숙 언니에게 감사를!

(페이스북에 2022년 12월20일 올린 글)

3부
어렵다고 생각한 일이 가장 쉽더라

참새들

나는 새를 싫어한다. 무서워서 가까이 하지 않는다. 아주 작은 참새도 손으로 만지지 못하고 참새구이는 당연히 못 먹는다. 어려서 닭에게 쪼인 뒤로 닭고기도 못 먹는 나는 겁쟁이. 낙엽이 우수수 깔린 아파트의 공원길을 걷다가 까악 까치소리가 들리면 정신이 사나워진다. 단풍 구경은 나중이고 어서 집에 가야지. 걸음을 서두르는 내 앞에 나타난 더 곤란한 적들, 비둘기들이 떼를 지어 비스킷을 쪼고 있다. 떼를 지은 것들은 나를 위협한다. 새든 사람이든 무리를 이룬 것들은 대개 둔감하고 겁이 없다. 요즘 새들은 간덩이가 부어 사람이 다가가도 도망가지 않는다.

비둘기 똥을 피해 빙 돌아가며 가슴을 쓸어내린다. 하늘에서 날아온 반갑지 않은 손님들 덕분에 늦가을의 쓸쓸함이 달아나 버렸으니. 고맙다고 해야 하나. 요즘 잠을 통 못 이루며 가을을 앓고 있다. 그래서 전시회라도 볼까? 조각하는 젊은 친구 J를 전화로 불러냈다. 일요일 오후 세 시. 덕수궁 매표소 앞에 구름처럼 몰린 사람들을 보자 겁이 났다. 옆에 있는 카페에 들어가 J와 1시간 수다를 떨고 밖으로 나왔다. 긴 줄이 조금 짧아졌다. 십 분 기다렸다 미술관 입장권을 사는데 드디어 성공! 전시회장은 관람객들로 미어터질 지경. 고급문화에 대한 동시대인들의 갈증이 그만큼 크다는 신호인가. 미술사를 공부하며 도판으로만 접하던 작품들을 직접 보는 감격에 겨워 인파에 시달리는 피곤을 잊었다.

한국 근현대회화사를 그대로 옮겨놓은 듯 엄청난 작품들. 김기창의 〈군작도〉 앞에 오래 머물렀다. 마구 겹쳐진 참새들의 이미지가 어쩐지 불길했다. 제작연도를 보았다. 1959년. 육이오를 겪은 뒤의 가난한 나라 가난한 백성들. 서로 잡아먹을 듯, 엉겨 붙은 작은 생명들은 밥그릇을 다투는 한국인들이었다. 좌우로 갈라져 싸우는 동포들, 군부독재 타도를 외치는 학생들, 데모대를 막아선 전경들이었다, 전시회장에 몰린 관람객들, 내전 중인 시리아, 2013년에도 한 치의 양보 없이 치고받는 대한민국의 정치판이 겹쳐서 어른거린다.

니들 언제까지 싸울래? 죽음에 이르기까지 전쟁이 계속되리라는 생각에 더 무서워진 그림. 덕수궁 하늘을 노랗게 물들인 은행잎만이 아름다웠다.

(조선일보, 2013년 11월)

이모가 있어서 참 좋았다

이모.

'이모'라고 부를 사람이 있어서 참 좋았다. '이모'를 속으로 불러보는 것만으로도 지금 이 시간이 환해진다. 이모나 고모가 없는 아이들의 유년은 상상만 해봐도 썰렁하고 삭막하다. 이모는 병석에 누운 지 오래. 이모 얼굴을 못 본 지 한참 되었다.

이모는 아담한 키에 얼굴이 하얗고 마음씨가 고운 분이었다. 육이오 사변 중에 외할머니가 돌아가신 뒤에 어린 이모와 중학생이던 우리 엄마는 서로 의지하며 자랐다. 이모는 말도 느릿느릿 행동도 굼떴다. 매사 빈틈이 없는 엄마에게 시달린(?) 터라 태평스런 이모가 좋았다. 가난했던 1970년대, 올망졸망한 계집애들을 넷이나 키우느라 고생하는 누이가 딱해 외삼촌이 나를 속초로 데

려가며 이모가 내 양육을 책임지게 되었다. 그때 내 나이가 여섯 살이나 되었을까. 이모는 여고생이었다. 속초에서 약국을 개업한 외삼촌과 이모 그리고 어린 내가 한 집에서 살았다.

총각인 삼촌은 오후에 이모가 학교에서 돌아오면 약국 일은 이모에게 맡기고 술꾼들과 산과 바다를 누비며 놀기 바빴다. 잔소리 하는 엄마도 회초리 드는 아버지도 없으니 내겐 낙원이었던 속초. 삼촌 뒤를 졸졸 따라다니며 통통배도 타고 막걸리 얻어먹는 재미에 하루해가 짧았다. 이 골목 저 골목 헤집고 다니며 사내애들과 하도 개구지게 놀아서 내 별명이 '중앙동 깡패'였다. 하루에도 옷을 서너 벌 갈아입혀야 하는 개구쟁이 조카를 입히고 거두느라 여고시절의 꿈과 낭만은커녕 책 읽을 시간도 없었던 이모.

초등학교에 입학하기 위해 삼촌과 이모 품을 떠나 나는 서울로 돌아왔다. 그리고 나는 이모를 잊었지만, 이모는 나를 잊지 않았다. 고등학교를 졸업하고 서울로 올라와 약국을 개업한 삼촌 일을 봐주면서도 틈이 나면 이모는 어린 조카들에게 입힐 스웨터며 머플러를 뜨개질해, 커다란 보자기를 들고 우리 집에 나타났다. 이모가 없었다면 우리의 유년이 얼마나 추웠을까.

세월이 흘러 삼십대가 지난 어느 날, 나를 '이모'라고 부를 아이가 세상에 왔다. 어머머나. 내가 이모가 되다니. 아이가 태어난 산부인과 의자에 앉아 나는 감개무량했다. 이모, 라고 나를 만만히 부르는 아이가 있어서 참 좋았다. 어린 아이가 크는 모습을 보는 게 중년의 큰 기쁨이었다.

아이가 처음 내게 해죽 웃어준 날, 조카아이가 탈 보행기를 고르며 (서울의 어느 백화점이었다) 얼마나 행복했는지. 처음 걸음마를 떼던 날, 변기에 앉아 처음 뒤를 본 뒤에 "이모 나 변기에 똥 눴어요" 자랑하던 졸깃졸깃한 목소리. 내 전화기에 저장된 조카의 목소리가 내 실수로 지워졌다. 나중에 크면 들려주려 했는데 아쉽다. 그 아이가 내 집에 오면 놀 방을 꾸며주고픈 내 꿈은 이뤄지지 못했다. 내가 그 아이와 '꼭꼭 숨어라' 뛰어다닐 만큼 너른 집을 구했을 때는 조카는 이미 다방구엔 흥미를 잃은 십대가 되었다.

어느 날 아이와 극장에 갔다. 무슨 영화 보고 싶니? 말이 떨어지자마자 아이가 고른 게 '디지털 미라 3' 세상에! 저런 싸구려 할리우드 오락물을… 평소 같으면 결코 내 돈 내고 보지 않을 영화의 표를 사면서 나는 뿌듯했다. 조카와 영화를 보고 팝콘을 사줄 여유가 있으니 꽤 괜찮은 인생 아닌가.

다시 아이와 극장에 가서 재미없는 영화를 끝까지 보고 싶다. 이모 따위는 안중에도 없는 새까만 눈동자 옆에 앉아 차렷 자세로 앞만 보는 아이를 훔쳐보았으면. 짜디짠 팝콘을 물 없이 삼키는 아이에게 물병을 안기며 "제발 물 좀 마셔라. 응?" 사정사정하면서 지루한 중년의 강을 건너가고 싶다. "이모는 잔소리꾼이야-" 쏘아붙이는 아이가 예뻐 웃다가 눈물을 흘려도 좋으리. 입시 따위는 걱정하지 않던 일곱 살의 아이가 그립다.

오늘도 컴퓨터 앞에 앉아 참고서와 종이더미에 파묻혀 갈수록 창백해지는 나의 어린 왕자. 언제쯤 너랑 나랑 엄마랑 밖에 나가 이것저것 구경하며 알콩달콩 떠들까. 그때쯤이면 내 머리가 희끗희끗해지겠지. 그날까지 건강을 유지하는 게 지금 내가 품을 수 있는 가장 대담한 희망이리라.

(『신협사보』 2016년 5월)

요즘 나의 아침

오늘 도시락 반찬은 뭘 만들까? 아침에 일어나 뒤척이며 나는 고민한다. 재작년 5월에 어머니가 낙상을 당해 요양병원에 입원한 뒤부터 내 일상이 달라졌다. 전에는 아침에 일어나는 시간도 들쑥날쑥하고 식사시간도 일정치 않았는데, 어머니 덕분에 규칙적인 생활을 하게 되었다. 병원의 점심 식판이 나오기 전에 어머니에게 가려면 아침부터 서둘러야 한다.

막대봉 체조를 십 분쯤 하고 음식 만들 준비를 한다. 어머니가 입원한 병원의 음식이 그렇게 나쁜 건 아니나, 부족한 단백질과 과일을 챙겨 드려야 한다. 값싸면서 요리하기 편한 달걀이나 두부, 멸치조림, 단호박찜이나 삶은 고구마가 주된 메뉴이다. 가지를 썰어 프라이팬에 지지다가 그 위에 미리 준비한 달걀 물을 부으면 가지를 하나하나 뒤집지 않고도 오믈렛을 만들 수 있다.

프라이팬에 올리브유를 두르고 두부를 부치는데 5분도 걸리지 않는다. 두부가 노릇노릇해지는 동안 오믈렛을 절반 썰어 도시락에 담고 나머지는 내가 서서 잡수신다. 전원을 끄고 두부를 뒤집어 잔열로 두부가 익는 동안 과일 도시락을 준비한다. 사과를 썰고 아보카도의 속을 파낸다. 속이 흐물흐물하고 단백질과 비타민이 풍부한 아보카도는 이가 나쁜 노인네들에게도 좋지만, 식빵 사이에 버터처럼 발라 먹으면 맛있는 조식이 된다.

맨날 똑같은 달걀과 두부부침에 엄마가 질릴 것 같아 일주일에 한두 번 왕새우구이나 굴전을 사서 내가 반을 먹고, 반은 도시락에 넣어 어머니에게 갖다드린다. 아직 온기가 남아있는 굴전을 천천히 씹는 어머니를 보며 나는 소망한다. 어머니의 이가 더 나빠지지 않기를. 음식을 씹는 힘이 약해져 식사시간이 점점 길어져 내가 어머니 병실에서 머무는 시간이 길어지더라도, 당신이 좋아하는 굴전을 입에 넣고 행복해하는 모습을 오래 오래 보고 싶다.

당신이 건강할 때, 어머니와 나는 편한 사이가 아니었다. 그 좋던 당신의 기억이 희미해지고 병원에 입원하면서 어머니와 딸의 사이가 좋아졌으니, 인생이란 얼마나 깊은 것인가. 늙은 어미를 먹이고 이 닦아주고 기저귀를 갈고 목욕시키고… 내가 아기일 때 어머니에게 받은 것을 요즘 되갚아드리고 있다. 당신이 그 오랜 세월, 손가락이 휘고 허리가 구부러지도록 우리를 위해 희생했으니 이제 우리가 당신을 위해 희생할 때다.

(농민신문, 2018년 2월)

버스

나는 버스를 자주 이용한다. 요즘 버스는 옛날에 비하면 양반. 출퇴근 시간을 피하면 크게 붐비지 않고 의자도 깨끗하다. 손잡이에 매달려 흔들거리노라면 문득, 만원 버스에 끼여 가던 여고시절이 떠오른다.

아침에 책가방을 들고 정류장에 서면 치열한 경쟁이 시작되었다. 대부분의 승합차는 정류장 표지판의 앞뒤 이십 미터 이내에 정차한다. 너무 앞서거나 뒤처지면 작전상 불리하니 중간이 적당했다. 1970년대 서울의 거리에서는 지금처럼 질서정연한 줄서기가 없었다. 축구선수가 공이 떨어지는 지점을 알고 미리 움직이듯이, 멀리서 다가오는 번호가 또렷해지면 정차 지점을 예측하고 뛰었다. 길거리의 낙오자가 되지 않으려면 훌륭한 축구선수가 갖

춰야할 자질들- 정확한 위치 선정과 종합적인 판단 능력이 요구되었다. 눈 깜작할 사이에 내 앞에서 철문이 꽝 닫힐 수도 있으니까 정신을 바짝 차려야 한다. 탈까 말까 머뭇거리면 지각생이 되어 하루를 망친다. 고등학교를 졸업하기까지 나는 줄서기의 달인이었다. 행동이 민첩해 꼭 타야겠다고 마음먹은 버스를 놓친 적이 없다. 소설책에 빠져 늦게 집을 나와 지각한 적은 많지만.

중고등학교가 밀집한 연신내 방향으로 가는 버스들은 늘 만원이었다. 그냥 꽉 찼다는 말로는 부족하다. 허리를 구부려 신발 끈을 맬 공간도 없이 포개진 인체들. 물건을 떨어뜨려도 줍지 못했다. 컴컴한 교복들 사이에 비집고 들어설 틈새가 보이면 무조건 올라타는 게 장땡이지만 도저히 엄두가 나지 않으면 멀찍이 물러나, 저렇게 태우고도 시동이 꺼지지 않는 버스가 신기했다.

나의 바람은 숨쉬기도 곤란한 통로가 아니라 뒤쪽의 좌석 옆에 붙어서는 것이었다. 팔걸이를 잡고 서면 급정거에 덜 흔들렸다. 타인과의 신체접촉은 피할 수 없었으니. 남학생의 복근이 앞에 매달린 여학생의 가슴에 닿아 성추행이 따로 없었다.

(농민신문, 2018년 4월)

춘천 가는 길

지난 토요일에 친구와 춘천에 다녀왔다. 용산역에 내려 시계를 보니 열차 출발시간까지 삼십분 넘게 남았다. 나이 들어 행동이 굼떠지면서 외출준비에 젊었을 적보다 시간이 더 걸린다. 약속시간에 촉박해 허둥지둥하는 게 싫어 미리 미리 준비하는 게 습관이 되었다. 지지난 주에는 저녁 7시 반에 시작하는 시 강의를 위해 1시간이나 미리 도착해, 썰렁한 교실에서 시간 때우느라 스마트폰을 쥐고 개고생을 했다.

학창시절엔 지각대장이던 내가, 회색 교모를 들고 버스를 놓치지 않으려 뛰던 내가 어느새 중년의 모범생(?)이 되었으니. 참, 세월이 무섭다. 이런저런 상념에 젖어있는데 친구가 나타났다. '청춘열차' 라는 이름이 무색하게 춘천행 급행열차엔 나이 지긋한 중년과 노년의 관광객들이 넘쳤다. 젊은 애들처럼 떼를 지어, 젊은 애들처럼 활기찬 표정으로 자전거를 들고 타는 아주머니와 아저씨들이 부러웠다.

좌석 고리에 배낭을 걸고 등받이를 젖히고 앉아 눈을 감았다. 사십대에서 오십대로 넘어가는 인생 후반기의 소중한 4년을 나는 춘천에서 보냈다. 내 생애 최초의 정남향, 방이 셋이나 되는 24평 주공아파트에서 처음 1년은 행복했었다. 전세로 얻은 집이 맘에 들어 약간의 대출을 받아 집을 사고, 내 이름으로 등기가 넘어온 걸 확인하고 좋아 죽겠던 때가 엊그제 같은데. 6년 만에 다시 찾은 춘천은 이미 내게 낯선 곳이 되어 있었다. 일주일에 한번 막국수를 먹던 '남부 막국수'가 어디쯤인지? 두리번거리다 택시에서 내렸다. 막국수를 먹고 공지천을 거닐고 아름다운 강변의 노을을 바라보다 발길을 돌렸다. 춘천을 떠난 뒤 더 무거워진 생의 무게, 집 한 채 없는 현실을 한탄하느라 경치를 즐기지 못했다. 이럴 줄 알았다면 춘천의 아파트를 팔지 말 것을…

(농민신문, 2018년 5월)

책 파티

얼마 전에 친구들과 '책 파티'를 했다. 책을 읽는 모임이 아니라 책을 버리는 모임이었다. 말하자면 사연이 좀 길다. 요양병원에서 꼼짝 못하고 누워있는 어머니는 얼마나 답답할까? 고민 끝에 명절이나 연휴 때라도 내 집에 모셔와 편하게 주무시게 하고 싶었다. 안전한 병원을 나와 하룻밤 딸네 집에서 자다 사고를 당할 수도 있다. 모험이지만 해보기로 했다. 엄마가 누울 침대를 놓을 공간이 필요해 책상과 책장을 없앨 계획을 세웠다. 책상으로 쓰던 식탁은 번쩍 들고 나가 딱지를 붙여 버리면 되는데, 책이 가득 꽂힌 책장을 없애는 건 쉽지 않았다. 이런저런 궁리를 하다 카톡방에 들어가 친구들에게 문자를 보냈다.

"내가 책을 처분하려고 해. 친구들이 필요한 거 있으면 와서 가져가. 주로 문학 소설 미술 여행서"

그래서 우리는 오월의 어느 저녁에 모여 맛있는 술과 저녁을 먹은 뒤에 우리 집에서 희한한 파티를 했다.

강의에 필요한 책만 남기고 다 버릴 거니까 맘대로 골라.

이 소설 무지 재밌어.

친구들에게 억지로(?) 책을 떠넘기고 그날 밤 나는 편하게 다리 뻗고 잤다. 친구들이 가져가지 못한 책들은 다음날 아침에 후배 A를 불러 해결했다. 무거운 책 더미를 옮기느라 고생한 후배에게 뭐라고 고맙다는 말을 해야 할지.

(농민신문, 2018년 6월)

호박의 향기

갑자기 제주도에 가고 싶어 후다닥 짐을 싸고 호텔을 예약했다. 어둑어둑한 저녁에 제주에 도착했다. 시장 바닥처럼 북적이는 공항 구내식당에서 맛없는 밥을 먹고 싶지 않아, 택시 타고 호텔로 가서 체크인도 하지 않고 짐만 맡긴 뒤 밖으로 나왔다. 탑동의 뒷골목을 헤매다 여기다 싶은 허름한 식당을 골라 들어갔다. 메뉴를 보고 그냥 백반을 시켰는데 아이구야. 할머니가 푸짐하게 한상 차려 내 앞에 내려놓는다. 낡은 쟁반 위에 삶은 호박잎. 향기를 맡고 얼마만인가, 어린 시절의 추억이 밀려와 한 주발이나 되는 밥을 호박잎에 말아 후딱 먹어치웠다.

원주할머니가 서울로 올라와 우리와 함께 살며 뜨락이 풍성해지고 식탁이 풍성해졌다. 집에서 기른 싱싱한 푸성귀들. 살짝 데

친 호박잎에 싸먹은 밥은 얼마나 맛있었는지. 찢어진 호박잎은 두 개를 겹쳐 손바닥에 얹었다. 호마이카 상의 한가운데 놓인 둥그런 스뎅 밥통에서 숟가락 가득 밥을 떠서 된장을 얹어 입이 찢어져라 우걱우걱 급하게 허기를 채우던… 가난한 밥상이지만 할머니가 옆에 있으면 정이 넘쳤다. 부엌에서 무얼 끓여 내놓기가 어려운 무더운 여름날, 아침에 먹다 남은 찬밥에 쌈을 싸먹거나 삶은 감자와 옥수수로 점심을 때웠다.

강원도 인제의 산골에서 태어난 할머니는 평생 감자와 옥수수를 얼마나 많이 잡수셨을까. 1970년대 서울 세검정에 옮겨진 당신의 뜰을 2018년의 노트북에 옮기며 옥수수 수염처럼 질기고 슬픈 할머니의 생애가 나를 울린다. 주기도문을 잘 외는 어린 손녀를 할미는 기특해했는데, 할머니가 지금 살아계신다면 (재판 중인) 내게 무어라 하실까. 한번 칼을 뽑았으니 무라도 베라고 하실지.

(농민신문, 2018년 10월)

적당한 고독

예술가로 산다는 건 예나 지금이나 쉽지 않다. 예술 작품을 생산하는 아티스트가 아니더라도 예술과 관련된 일을 하는 사람들이 얼마나 힘들게 살아가는지 나는 잘 알고 있다. 대학원에서 미술사를 전공한 내 주위에는 쉰 살이 지났는데도 안정된 직장을 구하지 못하고 시간강의를 하거나 미술 동네 근처에서 어찌어찌 생계를 유지하는 이들이 허다하다. 대학이나 미술관에서 자리를 잡은 소수를 제외하고 대개는 비정규직에 종사하지만, 이들의 눈은 맑고 초롱초롱 빛나며 몸에서 악취를 풍기지 않는다.

젊은 시절 자신이 품었던 예술에 대한 열정이 아직도 얼굴에 붙어있는 그들을 만나고 올 때, 나는 생각한다. 무엇이 그들을 지탱하는 것일까? 왜 A는 진즉에 다른 (실속 있는) 직업을 구하지 않았을까. 실속 없기는 시인인 나도 마찬가지. 언젠가 A와 처지가 비슷한 B와 식사를 하며 "왜 우리는 가난한 거지?"라는 푸념이 누군가의 입에서 나왔을 때 나는 말했다. "그 대신 우리는 재미있는 공부를 했잖아." 그래, 근데 재미가 밥 먹여주니? 애초에 내게 온 원고청탁의 취지를 살려 청년 예술인을 격려하는 글을 쓰려다 이야기가 삼천포로 빠졌다.

'청년 예술인'이라니. 무릇 진짜 예술가는 모두 청년 아닌가. 내가 사랑하는 가장 젊은 미술가는 구스타프 쿠르베(Gustave Courbet 1819-1877)이다. 나이 오십에 이르러 "나는 어느 화파에도 속하지 않았다. 어떤 교회에도, 어떤 제도에도 어떤 아카데미에도 속하지 않았다"고 천명한 반역아. 스위스와 접경지대 오르낭 출신으로 이렇다 할 미술학교의 저명한 선생 밑에서 미술을 공부하지 않았고, 루브르미술관의 그림들을 보고 베끼며 자신의 스타일을 만들어 '나는 내가 가르쳤다'고 자랑하던 그도 혼자는 아니었다. 그의 뒤를 봐주는 스승 대신에 그에게는 함께 혁명을 꿈꾸던 친구들이 있었다.

파리의 술집에서 보들레르 프루동 등 당대 지식인들과 교류하며 그는 사회주의를 배웠고, 새로운 미학의 기초를 다졌으며 확신에 찬 전위예술가로 거듭났다.

"그림은 본질적으로 구체적인 미술이다. 그러므로 그림은 현실적으로 존재하는 것을 표현해야… 추상적인 것, 보이지 않는 것, 존재하지 않는 것은 그릴 수 없다"라는 쿠르베의 유명한 명제는 그보다 2살 아래의 시인 보들레르의 "현대 화가의 주제는 빠르고 즉각적인 현대 삶의 인상을 표현해야 한다"는 선언과 일맥상통한다. 파리의 라틴 구역에 있는 쿠르베의 스튜디오와 가까운 술집(Brasserie Andler)은 나중에 '리얼리즘의 신전'으로 불리며 보헤미안들의 집결지가 되었다.

젊은 예술가의 삶은 평탄치 않다. 맑게 개다가도 언제 비바람이 칠 지 모른다. 자신의 재능을 알아보고 용기를 북돋워주는 지인들이 주위에 있어야 힘든 나날들을 견디고 자기 확신을 잃지 않는다. 예술가에게 가장 중요한 건 자신감이다.

쿠르베가 스무 살에 그린 자화상 〈절망한 남자〉를 다시 보았다. 당시 그를 짓눌렀던 가난과 고독이 배어있는, 그럼에도 불구하고 자신만만한 젊음이 눈을 크게 뜨고 세상을 노려본다. 쿠르베처럼 나도 한때 타협을 혐오했었는데… 그처럼 현실과 타협을 거부하면 요즘 세상엔 살아남을 수 없다. 권력 앞에 고개 숙이지 않으며 스스로 '프랑스에서 가장 거만한 사람'이라 일컬었던 쿠르베는 적을 너무 많이 만들었고, 결국 스위스로 망명해 술독에 빠져 살다가 쓸쓸한 최후를 맞았다.

쿠르베와 달리 들라크루아(Eugène Delacroix)는 나름대로 사교에 능했던 화가이다. 그의 그림을 높이 평가하고 작품을 사주는 후원자들과 두루두루 좋은 관계를 유지했던 그는 부와 명예를 누리며 행복하게 살다 죽었다. 가난과 고독은 예술가의 숙명이라고 믿던 시대는 지났다. 어느 정도 여유가 있어야 예술이 나온다. 적당히 고독해라. 너무 고독하면, 주위에 아무도 없으면 또라이가 되거나 일찍 죽는다.

(『예술인』 2019년 7월)

시인의 방에서 사업자의 방으로

출판사를 차려야겠다고 결심하고 내가 가장 먼저 한 일은 노트북 수리였다. 시집 『다시 오지 않는 것들』에 실린 「2019년 새해 소망」이란 시에도 썼듯이 "화면과 자판의 이음새가 깨져 테이프로 고정시킨 노트북으로 책상 위의 괴물과" 싸울 수는 있지만, 접지도 못하는 노트북으로 어떻게 편집에서 제작발주 배본을 차질 없이 할 것인가? 거래처인 배본사와 서점의 주문 프로그램을 배우는 것도 큰일인데, 노트북이 고장이라도 나면 어쩌나. 내가 새로 시작하는 출판 사업이라는 전쟁터에서 살아남으려면 컴퓨터부터 고쳐야 했다.

이음새가 떨어져 접지도 못하는 노트북을 헝겊 가방에 우겨 넣고 버스를 타고 S전자 서비스센터에 갔다. 하얀색 테이프로 덕지 덕지 기운 내 노트북을 보더니 수리기사가 '이러고도 여태 고장 나지 않은 게 신기하다'며 한마디 던진다. 테이프를 붙여놓은 2년 동안 내 노트북은 집 밖 구경을 한 적이 없다. 자판이 뚝 떨어질까 봐 접지도 않고 늘 펼쳐놓은 상태에서 내 방에 모셔 놓았으니 노트북이 아니라 데스크톱이나 마찬가지. 이틀 뒤에 내 물건을 찾으러 갔더니 그는 내게 '도대체 어떤 테이프를 썼냐'고 물었다. 테이프가 떨어지지 않아 노트북을 수리하기도 전에 진이 빠지도록 고생했다는 그에게 나는 '미안하다'는 말만 되풀이했다.

시인의 방을 사업자의 방으로 만드느라 가구를 없애고 재배치하며 고생 좀 했다. 꽤 큰 원룸이지만 아무리 머리를 굴리고 이리저리 배치도를 짜 봐도 책상이 들어갈 자리가 없었다. 책상 없이 출판사 업무를 볼 수는 없다. 팩스도 들여놔야 하고 서점들과 신규계약에 필요한 서류들을 넣을 서랍도 필요했다. 오랫동안 나는 책상 없이, 서랍이 딸린 책상 없이 살아왔다. 원목식탁에 노트북을 얹고 책상 삼아 사용했는데, 작년인가 재작년인가 친구에게 식탁을 줘버렸다.

그러고 나서 작은 경대의 오른쪽 구석에 화장품을 몰아놓고, 경대의 왼편에 노트북을 올려놓고 생활하며 재판도 하고 시도 썼다. 시를 쓰는데 꼭 책상이 있어야 하는 건 아니다. 책상이 없어도 크게 불편을 느끼지 못했는데 사업자 등록을 마치고나니 이런저런 걱정이 들었다. 새로 나올 책은 어디에 쌓아두며 거래명세서는 어디에 두나? 봉투는 어디에? 1인출판사 대표로서 많은 업무를 혼자 처리하려면 효율적인 사무 공간배치가 필수다. 시인의 방을 출판사 대표의 방으로 변모시키려 몇날 며칠 머리를 쥐어짜며 무진 애를 썼다.

나는 내 공간에 덩치 큰 물건이 들어오는 걸 좋아하지 않는다. 서랍이 두 개 달리고 폭이 1.2m 내외의 원목책상이 나의 로망이었다. 인터넷을 검색하고 가구매장을 방문해 내게 맞는 책상을 찾느라 한 달가량 허비했지만 내 맘에 드는 물건을 찾지 못했다. 낙담한 나는 어느 봄날, 오늘은 무슨 일이 있어도 책상을 사야지, 결심하고 홍대 부근의 가구거리를 걷다가 어느 가구 공방에 들어가 책상을 주문했다. 천연 나무를 사용하면서도 가격이 그리 비싸지 않아 드디어 오랜 고민 끝! 깊은 서랍이 두 개나 딸린 소나무 책상이 내 집에 들어온 뒤 모든 일이 술술 풀리지는 않았지만, 사무를 볼 책상이 생기니 어찌나 마음이 든든하던지.

팩스를 살까 말까? 기계를 싫어해 팩스기를 새로 들여놓기가 망설여졌다. 누군가 추천한 전자팩스는 배우기 어려웠다. S전자에서 파는 가장 싼 팩스기를 샀는데 여태 고장 없이 잘 굴러간다.

표지 디자이너에게 본문을 넘긴 뒤에도 시집 제목을 정하지 못해 애를 태우다 「시인의 말」을 쓰다 떠오른 '다시 오지 않는 것들'로 정했다. "가슴을 두드렸던 그 순간은 다시 오지 않았다."는 문장에서 나온 문구인데, 민감한 시기에 내는 책이라 제목도 표지도 무난하게 가는 게 옳거니 싶었다. 마티스의 그림으로 디자이너가 만든 강렬한 표지를 버리고 결국 나는 무난하고 밋밋한 휘슬러 그림을 골랐다.

이렇게까지 고생해서 낸 책은 처음이다. 2016년경에 SNS를 시작하고 처음 내는 시집이라 제목과 표지 후보들을 카톡방과 페이스북, 블로그에 올려 의견을 구했다. 여러 사람의 뜻을 받들어 제목을 '헛되이 벽을 때린 손바닥'으로 정하고 추천사를 부탁하러 문정희 선생님을 만났다. "제목에 '헛되이'가 들어가면 최영미의 모든 노력이 헛되어질지 모른다." "말이 운명이다"라는 문 선생님의 충고를 듣고 마음이 약해진 나는 '헛되이'를 포기했다.

인쇄소와 배본사를 정하는 것도 큰일이었다. 주변에서 추천한 두어 곳에 견적을 구했는데 비슷비슷한 가격이 나왔다. 디자이너의 거래처인 H인쇄소로 낙점하고 (그래야 그녀가 일하기 편할 테니까) 시집 2천부의 제작 발주를 넣어야 하는데, 발주서라는 걸 써본 적이 없는 나는 허둥지둥. 한글이 아닌 엑셀로 발주서를 작성해야 한다는 생각만 해도 머리가 터질 것 같았다. 누구에게 부탁할까? 박물관에서 일하다 지금은 대학교수인 후배 Y에게 도움을 청했다. 그녀는 바쁜 와중에도 나의 SOS에 응답하여 하루 만에 엑셀을 배워 발주서를 써서 내게 보내왔다.

"언니- 다음에도 또 할게요"

필요하면 언제라도 연락하라는 그녀의 문자를 받고 나는 감동했다. 1인출판사를 차리고 시집을 내는 과정에서 나는 많은 이들의 도움을 받았다. 그들의 도움이 헛되지 않게 이미출판사를 잘 키우고 싶다. 인생에 도움이 되는 책, 읽다가 죽더라도 후회하지 않을 책을 만들며 나도 행복해지고 싶다.

(『더블유 코리아 W Korea』 2019년 9월)

계약의 기술

"1층에서 10층으로 올라가려고
변변찮은 지팡이에 의지해,
붕괴 직전의 예민한 신경을 끌고
시장에 나가 장사꾼들과 흥정한다"

몇 년 전에 내가 쓴 「계약」이라는 제목의 시를 지금 다시 보니 '장사꾼'이라는 표현이 마음에 걸린다. 이 시를 쓸 때 나는 내가 사업자등록을 하고 출판사 대표가 될 줄은 몰랐다. 사업자인 나는 요즘 다른 사업자들과 흥정을 하는 게 일상이 되었다. 예술가도 사업자라고 지금 나는 생각한다. 과거에 나는 자신이 개인사업자임을 명확히 인식하지 못했고 계약에 서툴렀다. 딱딱한 계약서 읽기를 싫어했고 계약서에 사인하고 도장을 찍을 때의 긴장을 싫어했다. 언어에 민감한 직업이라 출판계약서나 전월세계약서를 내 딴엔 꼼꼼히 읽기는 했지만, 지나고 보면 사소한 문구에 신경 쓰느라 더 중요한 것들을 놓치곤 했다.

성공한 사람만 아니라 실패한 사람에게서도 우리는 무언가 배울 게 있다. 내가 저지른 황당한 실수들을 여러분은 피하시기를 빌며 경험담을 조금 늘어놓겠다.

1994년에 첫 시집을 출간하며 나는 창작과비평사와 계약서를 쓰지 않았다. 당시엔 그런 관행이 아예 없었던 것인지도 모르겠다. 두 번째 시집 이후에 내가 출간한 책들은 계약서를 썼다. 내 글이 해외에서 번역되거나 노래나 영화로 만들어 질 경우에 이익의 분배비율에 집착해 상대의 감정을 상하게 했던, 나는 바보였다. 6:4를 7:3으로 바꿔달라고 요구해 내 의지를 관철시켰지만 그 과정에서 출판사에 좋은 인상을 주지 못하고 담당자를 피곤하게 해 그들의 마음이 내게서 떠나는, 내게 불리한 결과를 낳았다.

나의 충고

1. 계약서를 쓰되 계약서에 너무 얽매이지 마라.

비율이 중요한 게 아니라 그들이 (출판사 대표나 편집자가) 내 책에 얼마나 공을 들이는가가 더 중요하다. 한국사회에서는 실력보다 인간관계가 성공을 좌우한다. 그들이 나를 좋아하지도 않고 내 작품을 높이 평가하지 않는다면 책은 내주더라도 그 책이 잘 될 리가 없다.

2. 계약서는 계약 당일에 가서 읽지 말고 미리 이메일로 초안을 보내 달라고 하라. 집에서 혼자 천천히 검토하며 금액은 물론 지급 시기, 계약 기간 같은 중요한 사항들을 꼼꼼히 챙겨야 한다. 계약 당일에 옷차림은 너무 분방하지 않게 약간 격식을 차려입는 게 좋다. 예술가가 이런 시시콜콜한 것들을 신경 쓰냐고 반문할 수도 있으나 옷차림이 제멋대로이면 행동도 제멋대로인 경우를 여러 번 경험했다.

3. 약간의 예외는 있겠지만, 계약 기간은 짧을수록 예술가에게 유리하다. 상대방과 뜻이 맞지 않아 계약을 해지하고 싶은데 계약 기간이 길어 5년 10년 마냥 기다려야 한다면 얼마나 속이 터질 일인가. 출판 계약의 경우, 초판 5년에 이후 5년마다 (쌍방의 해지 의사 표시가 없으면) 자동으로 연장되는 게 업계의 상식인데, 너무 긴 것 같다. 3년으로 하되 그 뒤 1년마다 해지 가능한 조항을

넣는 게 합리적이지 않나. 보기 싫은 표지를 어떻게 5년을 참나.

4. 큰돈이 걸린 중요한 일이 아니라면 계약서를 생략하고 이메일로 대신해도 된다. 일을 할 때마다 무조건 계약서를 쓰자고 덤비지 마라. 계약서보다 이메일이 열람도 쉽고 관리도 편리하다.

5. 계약서들을 종류별로 수납해 기억하기 쉬운 곳에, 생각나면 꺼내보기 쉬운 곳에 두시길.

6. A라는 거래처와 관계가 좋다고 A만 믿고 따르지 말고 거래처를 다양하게, 적어도 두 곳과 좋은 관계를 유지하시길. 지금 해가 쨍쨍하지만 언제 천둥번개가 칠지 모르니 전속계약이나 너하고만 작업한다는 내용의 배타적인 계약은 하지 마시길.

7. 내가 먼저 아쉬워 계약할 때보다 그들이 내게 먼저 제안할 때 내 몸값을 더 높일 수 있다. 누군가 당신에게 어떤 제안을 한다면 일단 긍정적으로 생각하고 감사해야 한다.

8. 얼마를 줄지를 처음부터 밝히지 않고, 돈 이야기를 하지 않고 작품을 의뢰하거나 강의를 부탁하면 정중히 거절하라. 강연을

요청하며 강연료를 말하지 않는 건 예의가 아니다. 돈 이야기하는 걸 두려워 마라. 언젠가 미지급 원고료를 받으려 전화했는데 "시인에게서 이런 (돈 달라는) 전화 받고 싶지 않다"는 말을 들은 적이 있었다. 시인이 시시하게 돈 이야기하지 않게 당신들이 미리미리 챙겨줘야지!

9. 거절할 때는 부드럽게, 상처받지 않게 거절해야 뒤탈이 없다.

10. 배가 고파야 예술을 한다는 말은 믿지 마라. 배가 고프면 아무 생각이 안 나서 창의력도 감퇴한다. 자신이 원하는 작업을 하며 예술가로 살아가려면 돈이 있든가 후원자가 있어야 한다. 월세를 걱정하며 어떻게 긴 호흡의 장편소설을 쓸 것인가. 계약의 기술 혹은 계약의 예술에 정통해야 예술가로 대접받는다.

(『예술인 복지뉴스』 2019년 8월호)

어렵다고 생각한 일이 가장 쉽더라

1980년대 후반, 우리는 둘 다 실업자였다. 재야단체에서 자원봉사자로 일하다 그만둔 나는 과외지도로 용돈은 벌었지만 이렇다 할 직장이 없었다. 대학원 논문을 써야 할지 다른 직업을 찾아야 할지 방황하던 선배 D와 나는 자취방이나 카페에서 만나 두서없이 떠들며 시간을 죽였다. 무슨 일을 해야 할지 막막한 처지를 나누던 그녀가 어느 날 사법고시를 준비하겠다고 말했을 때, 솔직히 나는 믿지 않았다.

그 어려운 공부를 어떻게?

언니는 법대도 나오지 않았잖아….

나처럼 놀기 좋아하고 문학작품에 심취하던 그녀가 두터운 법률서적을 끼고 도서관에 앉아있는 모습을 상상하기 힘들었다.

"어렵다고 생각한 일이 가장 쉽더라."

뭔가 알듯 말듯 의미심장한 그 말을 남기고 그녀는 내 인생에서 멀어졌다. 쉽게 돈을 벌 수 있지만 미래가 없는 아르바이트를 때려 치고 나는 대학원에 진학했고 몇 년 뒤 시인이 되었다. 선배 D는 몇 번의 도전 끝에 고시를 통과해 변호사가 되었다.

출판사를 차려야겠다고 결심한 내게 가장 어려워 보였던 일이 '계산서 발행'이었다. 계산서를 발행해야 도서대금을 받는다. 국세청 홈페이지에 들어가기는 했지만 무슨 항목이 이리 많은지. 개인사업을 하는 친구에게 계산서를 발행하는 법을 배우기는 했지만 설명을 들어도 그때뿐. 사업자등록을 하고 2개월이 지나도록 '공급자'와 '공급받는 자'가 헷갈렸다.

계산서 발행에 대한 공포가 어찌나 컸던지, 신규계약을 하기 위해 인터넷 서점A의 직원을 만났을 때 젊은 그녀에게 부탁했다. "나는 늙은 사람이라 기계에 서툴러요. 인터넷과 컴퓨터를 잘 사용할 줄 몰라요. 내가 (국세청에 접속해) 계산서를 발행하지 못할 수도 있는데 손으로 쓴 것도 받아주나요?" 나이 육십이 다 되어 1인출판사를 차린 시인이 딱했던지, (내가 늙었음을 강조해 젊은 이의 동정을 산다는 나의 전략이 먹혔는지) 그녀는 "수기 계산서도 받으니 너무 늦지 않게 우편으로 보내달라"며 날 안심시켰다.

시집 『다시 오지 않는 것들』을 출간하고 처음 계산서를 발행한 날, 흥분한 나는 카톡방에 들어가 자랑했다. "어제 동네책방에 5권 팔고 거래명세표 쓰고 홈택스 들어가서 계산서 발행 성공!" 처음 책 팔아 받은 돈 3만 5천원이 감격스러워 문자를 보내는 나를 친구들은 '훌륭한 사업가'라며 축하해줬다.

그렇게 어려워하던 계산서 발행이 지금은 식은 죽 먹기다. 첫 달에는 밤늦게 새벽까지 책상에 앉아 숫자들과 씨름하던 내가, 1건에 1시간도 더 걸려 (날짜를 잘못 기입해 수정계산서를 발행하고 생난리를 치느라) 거래처들에 계산서를 다 발행하려면 하루로는 모자랐는데, 지금은 한 시간 안에 해치우는 내가 나도 놀랍다.

뒤에 0이 제대로 붙었나를 확인하고 미리보기는 필수이고 마지막에 엔터키를 누를 때 틀렸을까봐 가슴이 두근두근해 다음날 서점에 전화해 계산서가 제대로 들어갔는지 확인했는데… 세상 참 오래 살고 볼 일이다.

(헤럴드경제, 2020년 1월)

코로나와 함께 살아가기

나의 하루는 숫자에서 시작해 숫자로 끝난다. 휴대전화를 열고 서점의 협력사 네트워크에 들어가 주문과 판매 통계를 보고 달력에 숫자를 적는다. 내가 대표이자 편집자인 이미출판사에서 나온 책이 어제 얼마나 팔렸나? 오늘 주문은 몇 부인가에 따라 하루의 색깔이 달라진다. 새벽에 기계 소리에 잠이 깨도 좋으니 제발 주문 팩스가 들어오기를… 매일 주문이 들어오지는 않지만 『다시 오지 않는 것들』과 『돼지들에게』는 조금씩이나마 꾸준히 팔리고 있다. 코로나가 심각했던 3월의 매출은 2월의 5분의1 수준이었는데 4월은? 코로나 이전으로 회복되지는 않더라도 3월의 판매부수를 유지하는 게 나의 바람이다.

서점 주문이 10부가 넘으면 상쾌한 아침이고, 5부면 기본은 했다고 스스로 다독이며, 한 권도 팔리지 않은 날은 달력에 '0'이라 쓰고 온몸에 힘이 빠져 자리에 눕는다. 누운 채 휴대전화를 들고 그날의 일정과 날씨를 확인한다. 내가 마스크를 사야 하는 월요일을 놓치면 주말까지 기다려야 한다.

우울해도 아침 체조는 해야지. 냉장고에서 음식 재료들을 꺼내 차가움이 가시기를 기다리며 체조를 하기 전에 텔레비전을 튼다. BBC 월드뉴스에서 오늘의 숫자들, 전 세계 확진자와 사망자 수를 확인한다. 어느새 확진자가 300만 명에 육박하고 사망자가 20만 명을 넘었다. 우리나라는 진정세에 접어들었지만 다른 나라들에서 바이러스가 잡히지 않으면 우리도 불안하다. 글로벌 시대에 인류를 괴롭히는 바이러스. 봉쇄 때문에 외출을 못하자 닭을 끌고 집 밖에 나와, 애완견 산책은 허용된다는데 개가 없어 닭에 목줄을 매어 끌며 걷는 사람을 보고 웃음이 나왔다.

오전 9시에서 10시 사이에 컴퓨터를 열고 배본사 프로그램에 들어가 거래처와 주문 부수를 입력한 뒤 출고 버튼을 누른다. 벽시계가 11시를 가리키기 전에 채소를 썰고 프라이팬에 기름을 두른다. 달걀에 묻혀 부친 명태전을 엄마와 간병인에게 주고, 남은 건 내가 저녁에 먹을 것이다. 도시락 가방을 들고 현관문을 나서며 마스크를 쓰고 입과 코를 막는다. 이제는 익숙해진 코로나 시대의 일상.

입구에서 직원이 체온을 재는데, 내 귀에 삽입하는 체온계의 위생상태가 께름칙하지만 내색하지 않는다. 체온을 잰 뒤에 소독약을 뿌린다. 내 몸에는 물론 도시락 가방에도 소독약을 뿌린다. 겉에만 뿌린다지만 휘휘 흔들다 소독약이 음식에 들어갈 것 같아, 옷에만 뿌리면 안 되느냐는 나의 하소연이 먹힐 때도 있고 안 먹힐 때도 있다. 옷에다 마구 뿌려대니까 요양병원에 갈 때는 좋은 옷을 입지 않고 가방도 가죽소재는 피한다.

면회 금지이나 도시락 전달은 허용해 그나마 다행. '어머니! 물 많이 마시세요, 도시락 통에 든 음식 먼저 먹고 두유와 과일은 나중에 드세요.' 이런 주의사항을 적은 쪽지를 도시락 가방에 넣기도 한다. 어미에게 편지를 쓰는 건 치매인 어미가 말을 영영 잊지 않게 하려는 의도도 있다.

코로나 시대에 내가 가장 아쉬운 건 수영이다. 다니던 수영장이 문을 닫아 두 달 가까이 헤엄을 치지 못했다. 뭉친 근육과 기분을 풀고 싶은데, 코로나 이전으로 우리는 돌아가지 못하리라. 코로나와 싸우지 말고 함께 살아갈 방도를 찾는 게 현명할지도 모르겠다.

(헤럴드경제, 2020년 4월)

내 젊음의 비결?

바쁜 5월이었다. 『아무도 하지 못한 말』을 홍보하느라 인터뷰를 하고 일요일마다 기차를 타고 남원에 가서 여성시를 강의했다. 며칠 전에는 김해에 다녀왔다. 코로나바이러스 때문에 아무것도 못할 수는 없어서 십여 명이 모이는 강의와 낭독회를 진행했다. 집에 돌아오면 씻고 바로 누웠다. 멀리 외출한 다음날은 쉬기를 원칙으로 살아왔기에 나는 크게 아픈 적이 없다. 하루 이상 병원에 입원한 적도 없다.

나를 만난 어느 여기자가 내가 나이에 비해 젊고 생기발랄하다며 어려운데도 즐겁게 사는 비결이 뭐냐고 물은 적이 있다. 어렵지 않은데… 근로장려금 받은 사실을 공개한 뒤 날 바라보는 시선이 나는 불편하다. 대학 시절이나 등단 무렵에는 서울 평창동에 사는 날 삐딱하게 보는 이들에게 내가 부자가 아니라는 사실을 증명하느라 애를 먹었는데, 이제는 내가 가난하지 않다는 걸 증명하느라 바쁘다. 삼십 년 전이나 지금이나 내 생활과 씀씀이는 크게 변하지 않았는데 말이다.

이사 다니느라 지겨워 작년 가을에 은행 대출을 받아 고양시에 작은 아파트를 샀다. 내가 집을 샀다고 하니 친구들이 정말 좋아했다. 어느 낭독회에서 "제가 집을 샀어요."라는 말이 떨어지자 와~ 박수를 치던 젊은 언니들. 독자들이 내 걱정을 많이 했구나. 그네들의 사랑이 전해져 마음이 따뜻해졌다.

내 젊음의 비결?

그때그때 내 감정에 충실하게 살았다. 나는 포기가 빠른 사람이다. 아니다 싶으면 바로 돌아선다. 혼자서도 잘 논다. 친구들하고도 잘 지낸다. 모르는 사람하고는 일은 같이 할지언정 식사는 가급적 피한다. (긴장하며 밥 먹으면 맛을 모르거나 체한다) 누가 내게 밥을 사겠다고 달려들면 스트레스를 받는다. 오래된 친구들과 맛난 것 먹으며 수다떠는 맛이야 꿀맛이지만… 은근한 미식가인 나는 입이 고급이다. 내가 추천하는 맛집을 가면 후회하지 않는다는 말을 여러 번 들었다.

S대학 평생교육원에서 강의한 뒤에 점심식사 자리에 불려나간

적이 있는데, 일산 주엽동의 주공아파트에 살 때였다. 며칠 전부터 정중한 말투로 내가 좋아하는 메뉴를 묻는 그들에게 나는 중국음식보다는 한식이나 이탈리아 음식이 좋겠다고 했다. 괜찮은 이탈리안 레스토랑을 예약했다며 차를 보낼 테니 주소를 알려달라는 문자가 왔다. '○○마을 주공아파트'를 쓰며 왠지 오그라드는 느낌이었다. 내 강의를 들었던 그들은 대개 강남에 살았고 기업체 간부이거나 전문직 남자들이었다.

운전사가 딸린 승용차에서 내려 들어간 곳은 종로의 어느 뒷골목 허름한 한식당. 신발을 벗고 2층 계단을 올라가는데 (나는 신발 벗는 식당은 질색이다) 며칠 전에 접질린 발목이 아파오며 가슴이 부대꼈다. 음식은 맛이 없었다. 먹는 시늉만 하고 앉아 있다 나왔다. 내가 사는 곳이 '주공아파트'임을 알고 그들이 식당을 바꾼 건 아닐까? 이탈리안 식당이 아니라서가 아니라, 못 산다고 내 입맛까지도 싸구려로 (이 정도면 만족하리라) 예단한 무례를 용서하기 힘들었다. 가난하면 더 대접해줘야 하지 않나.

(헤럴드경제, 2020년 5월)

신천지가 백신이었지

세계 코로나 확진자수가 곧 천만을 돌파한다. 우리나라 지방의 어느 도시는 이미 병상이 포화상태라며 2차 유행이 시작되었다고 의사인 친구가 말했다. K 방역의 성공에 대해서도 그녀는 색다른 견해를 피력했다.

"우리나라는 신천지가 백신이었지. 그때 너무 놀라서 사람들이 검사하고 조심한 덕에 바이러스가 잡힌 거야." 신천지 덕분에 대한민국이 코로나바이러스를 극복했다는 논리는 신선했다. 코로나를 과소평가했던 미국과 브라질이 나중에 호되게 당한 걸 보면 친구 말이 맞는 것 같다.

몇 시간만 날아가면 국경을 넘고 인터넷으로 온갖 정보가 공유되는 2020년 인류는 바이러스에 취약하다. 바이러스보다 먼저 공포가 덮쳐 인도에서는 때 이른 봉쇄로 한바탕 난리를 겪었다. 코로나에 맞서 인류는 너무 늦거나 너무 빨랐다. 이탈리아의 비극을 구경만 하다 영국은 미국에 이어 세계 두번째 확진자 수를 기록했다.

하필 이런 때, 미국은 최악의 지도자를 만났다. 트럼프 행정부가 세계보건기구 자금을 끊겠다고 선언한 뒤에 코로나가 더 기승을 부린다. 미국과 유럽에 자국 우선주의가 팽배하고, 미국과 중국의 패권싸움이 한창일 때 전염병이 창궐했다. 이탈리아에서 매일 수백 명이 죽어나가는데 유럽연합은 도움을 주지 않았다. 이탈리아에 도움의 손길을 먼저 내민 건 쿠바의 의료진들이었다.

바이러스에는 국경도 계급도 없다. 영국의 총리도 인도의 거지도 감염되었지만, 늘 그렇듯이 가장 약하고 가난하고 정보에도 어두운 사람들이 먼저 희생되었다. 미국 흑인의 치사율이 백인보다 훨씬 높다는 치수에 언론이 주목할 즈음, 조지 플로이드(George Floyd) 사건이 터졌다. 미네소타 경찰의 과잉진압으로 흑인 남성이 "숨을 쉴 수가 없다"며 고통을 호소하다 숨지는 장면을 목격자들이 휴대전화로 찍어 유통시켰다.

코로나19로 인해 스포츠도 리얼리티 쇼도 없고 술집도 문을 닫고 딱히 할 일이 없을 때 인종차별을 자극하는 영상은 바이러스처럼 빠르게 퍼졌다. 분노한 젊은이들이 거리로 뛰쳐나왔다. 스마트

폰 덕분에 미네소타의 비극은 세계의 비극이 되었다. "Black lives matter(흑인의 생명도 소중하다)"며 인종차별주의자들의 동상이 끌어내려졌다. 프랑스에서는 드골이, 영국에서는 처칠도 공격을 당했다.

동상을 부순다고 세상의 악이 사라지지는 않는다. 차라리 보존해 역사의 교훈으로 삼자는 고(故) 넬슨 만델라 대통령 부인의 인터뷰를 보았다. 과연 만델라의 부인답다. 미국에서 경찰의 과도한 진압을 금지하는 법안이 곧 통과된다니. 코로나바이러스는 흑인들의 삶을 바꾸는 계기가 되었다.

흑사병의 창궐과 끝없는 전쟁으로 1300년부터 1450년 간에 유럽 인구의 3분의 1이 감소했다. 그리고 언제 그랬냐는 듯 르네상스라는 꽃을 피웠듯이, 인류가 이 보이지 않는 악마를 퇴치하고 더 멋진 모습으로 부활할 날을 기다려도 좋으리.

(동대신문 경주캠퍼스, 2020년 6월)

집이 뭐길래

"초록에 굶주린 몸이 도서관을 나온다.
시 따위는 읽고 쓰지 않아도 좋으니
시원하게 트인, 푸른 것들이 보이는
자그만 창문을 갖고 싶다
담쟁이넝쿨처럼 얽힌 절망과 희망을 색칠할"
_ 최영미 「꿈의 창문」에서

*

시집 『다시 오지 않는 것들』에 수록된 이 시를 발표할 때 나는 서울 강북의 월세 방에 살고 있었다. 작년 가을 경기도의 신도시에 내 집을 장만한 뒤부터 초록에 굶주리기는커녕 날마다 싱그러운 초록을 포식하며 살고 있다. 가까운 친구들을 불러 집들이를 하던 날, 집이 예쁘다고 칭찬하는 친구들에게 베란다를 가리키며 나는 자랑했다.

"저기 산이 보여."

새로 이사한 고양시의 아파트는 전망이 탁 트이지는 않았으나 멀리 야산도 찔끔 보이고, 베란다 창밖에 가로수들이 마치 내 집 앞의 정원처럼 쫙- 펼쳐져 보기 좋았다.

"그래. 이제 푸른 것들이 보이는 창문을 가졌네."

내가 쓴 시를 기억하는 친구의 말을 들으며 으쓱 행복하던 때가 엊그제 같은데, 그렇게 내가 목을 매던 전망도 하루 이틀… 열 달쯤 지나니 별것 아닌 풍경이 되었다. 이사한 직후엔 아침마다 베란다를 향해 서서 체조를 하며 내 눈에 들어오는 푸른 것들에 감격해 눈물이 날 정도였는데.

집이 그렇게 크거나 아름다울 필요는 없다. 하루의 피곤을 풀 쉼터로 기능하면 충분하지 않나. 한국 사회의 고질병, 부동산 급등 사태를 보며 내가 무리를 해서라도 집 사길 잘했다, 싶으면서도 가슴 한 구석이 씁쓸하다. 내 집을 장만하지 않았다면 지금 나는 씁쓸함을 넘어 분노하고 있을 텐데.

주택은 물건이 아니라 천부인권이다. 인간이면, 아니 동물이라도 누구나 편히 쉴 권리가 있다. 인간으로서 최소한의 권리인 휴식, 그 휴식의 공간을 갖고 팔고 사며 장난치는 인간들. 부동산 투기를 나는 용서할 수 없다. 고위공직자의 비리가 터질 때마다 다른 건 다 참아도 부동산 투기와 성범죄만은 내가 참지 못한다.

21세기 한국의 위상이 아무리 높고 경제가 발전해도 부동산 문제를 해결하지 못하면 우리는 후진국이다. 토지공개념을 적극 도입하기 바라며 정부청사와 국회도 지방으로 이전하면 좋겠다. 서울 도처에 널린 공공기관 건물들을 지방으로 이전하고 그 자리를 리모델링해 서민을 위한 장기임대주택과 도서관 등 문화시설로 바꿀 것을 제안한다.

장기임대주택과 도서관, 동네 책방, 스포츠 센터 그리고 공원을 결합한 문화 공간을 만들면 어떨까. 사무실이 없는 1인 출판사 대표에게 일할 공간도 제공하고 거기서 책도 팔고 강의도 하면 얼마나 좋을까. 시멘트 냄새 날리며 다 때려 부수고 새로 짓지 말고 친환경적인 방법으로 최소한의 비용으로 공사를 진행하기 바란다. 그럼 일자리도 새로 생기고 주택문제도 어느 정도 해소되고 코로나19로 어려운 경제에도 도움이 되고 도시문화도 풍부해질 것이다.

(헤럴드경제, 2020년 7월)

코로나 불면증

이사한 아파트에 방이 두 개인데, 서울의 원룸에서 살 때보다 잠을 더 못 자니 이게 웬 조화인지. 나도 방이 두 개, 라는 사실에 뿌듯해하며 작은 방에 손님용 싱글 침대를 사놓고 양쪽 방을 오가며 생활했다. 베개를 들고 두 방과 두 침대를 분주히 오가며 깨달은 사실. 집이 아무리 커도 자는 방은 하나다. 침실이 많아도 잘 때는 한 침대에서 잔다. 두 침대를 오가며 잤는데 오히려 잠이 안 오더라.

어제도 잠이 오지 않아 새벽 두 시까지 뒤척거렸다. 늦게까지 책상에 앉아 곧 나올 장편소설 『청동정원』 개정판의 교정지를 들여다보느라 흥분해서인지, 저녁에 마신 홍차 때문인지 피곤한데도 잠이 오지 않아 작은 방과 안방을 들락날락했다.

불면증으로 고생한다는 내 이야기를 듣더니 의사인 친구는 대뜸 코로나 때문이라고 했다. "활동량이 부족해서 그래. 몸을 많이 움직여." 하긴 올해 2월부터 코로나 때문에 외출을 자제했다. 지방 강의를 다니느라 5월에만 반짝 바빴지 6월 이후엔 한가했다. 혼자 있는 시간이 많아지다 보니 생각도 많아져 잠을 못 이룬 게 아닌가. 다른 친구들도 사정은 비슷해 사업을 하는 Y는 코로나 바이러스로 매출이 격감해 간만에 쉰다며, 지난 세월 생각하느라 심란해 잠을 못 이룬다고, 그래서 주식을 시작했다고 했다.

한국 사람들은 마스크는 잘 쓰는데 거리는 잘 지키지 않는다. 몰려다니기를 좋아하는데다 성질이 급해서다. 마트 계산대에서 내 뒤에 바싹 붙은 사람들을 째려보느라 내 인격이 망가지고 있다. 코로나는 우리에게 거리를 지키며 개인으로 존재하라고 말한다. 그만 돌아다니라고, 비행기도 기차도 타지 말고 자신에게 정말로 필요한 게 무엇인지 생각해보라고, 깊이 자신을 들여다보라고, 정말 소중한 사람만 만나라고…

스포츠 중계방송을 보거나 외국방송을 틀어놓으면 잠이 잘 왔는데, 요샌 프랑스어 채널 TV5 Monde가 나의 새로운 수면제가 되었다. 한국어 자막이 나오는 다큐멘터리도 너무 재미있으면 집중해보느라 잠이 달아나니 역시 제일 좋은 건 지루한 스포츠 중계. UEFA 챔피언스리그 결승전이 월요일 새벽인데 전반전이 끝나기 전에 스르르 잠의 구렁텅이에 빠지면 좋겠다. 바이에른 뮌헨 대(對) 파리 생제르맹, 독일과 프랑스 팀이 맞붙으니 전쟁같은 승부가 펼쳐질 터. 잠들기는 글렀다.

(헤럴드경제, 2020년 8월)

희망이 솟는다

호주 멜버른대학 한국학연구소 초대로 '아시아 미투의 미래' 웹 세미나를 마친 뒤에 내게 어떻게 영어를 배웠냐고 묻는 친구가 있었다. 영어를 전공한 것도 아니고 영어권 나라에 한 달 이상 체류한 적도 없으며 영어 연수를 받은 적도 없는데 "Thank you for having me(초대해주셔 감사합니다)"같은 표현을 어디서 배웠냐는 친구에게 나는 말했다. "CNN에서 배웠어. 나 맨날 CNN BBC 보잖아."

강원도 춘천에 살 때 심심해서 영어 방송을 많이 들었다. 처음엔 자막을 보며 이해하는 정도였다. 어느 날 설거지를 하는데 (물 내려가는 소리 틈으로) 문득 영어가 귀에 들렸다. 신기했다. 낮에 집에 있으면 늘 CNN을 틀어놓았는데 드디어 귀가 뜨인 것이다.

페이스북 친구인 송지영 선생으로부터 'Distinguished speaker series (명사 초청 강연)' 웹세미나(webinar) 제의를 받았다. 대학에서 서양사를 전공했는데 통역에 의지하면 창피한 일이라 영어로 대담하겠다고 말해놓고 곧 후회했다. 국문학을 전공한 작가들이 부러웠다. 영어를 못해도 흉이 되지 않을 테니까! 대담은 송지영 선생님이 편하게 이끌어줘 큰 문제는 없었지만 실시간 질문에 답하는 건 쉽지 않았다. 긴장해서 말을 더듬기도 했는데, 나는 원래 말더듬이였다. 어릴 적 흥분하면 말을 더듬었는데 시를 외우면서 '말'에 대한 콤플렉스에서 벗어나 오늘날 자타가 공인하는 이야기꾼이 됐다.

조 바이든 미국 대통령 당선자도 말더듬이였다고 한다. 20대 초반에 거울을 보며 시를 외우면서 말더듬는 버릇을 고쳤다는데, 바이든처럼 거울을 보며 시를 외웠다면 지금쯤 나는 시인이 아니라 정치가가 됐을까. 중·고등학교 시절 지루한 등·하교 길에 김소월과 만해의 시들을 외우곤 했다. 외우는데 집중해 길바닥의 돌을 보지 못해 돌멩이에 걸려 넘어지곤 했다. 시와 소설에 미쳐 있던 여학생에게 생은 지금처럼 뻔하고 지루하지 않았다.

투표는 끝났지만 CNN은 오늘도 미국 대통령선거로 날이 샌다.

앤더슨 쿠퍼가 선거 결과에 승복하지 않는 트럼프를 겨냥해 한 말 “It doesn't matter. He is done.(상관없다. 그는 끝났다)”가 멋지다. 정말로 문제인 것은 코로나 확진자의 급증. 미국에서 코로나가 잡히지 않으면 우리도 코로나에서 벗어날 수 없다. 다행히 바이든 후보가 당선되고 화이저에서 백신 개발에 성공해 곧 백신이 전 세계에 보급될 수 있다니, 희망이 솟는다. 내년 여름이면 코로나에서 벗어나 격리 없는 해외여행을 할 수 있을까.

(헤럴드경제, 2020년 11월)

나의 은밀한 욕망

코로나19로 집에서 혼자 보내는 시간이 많아지면서 내게 생긴 변화. 청소나 신발장 정리 같은 집안일에 공을 들이게 되어 일주일에 한 번 하던 청소를 요즘은 일주일에 두 번, 세탁기도 거의 매일 돌린다. 최강 한파를 깜박 잊고 세탁기를 돌렸는데 좀 돌아가더니 멈추었다. 배수 호스가 얼어 터졌는지 배수가 안 되어 침대 시트를 빨지 못했다. 세면대 수도가 얼어붙어 관리실 기사가 시키는 대로 수도꼭지를 다 열어놓았더니 곧 물 흐르는 소리가 들렸다. 다행히 난방은 고장나지 않았다. 따뜻한 집에서 가만히 책을 보든가 텔레비전을 켜지, 왜 자꾸 안방과 거실을 오가며 가구들을 노려보나.

내 눈에 거슬리는 3단 책장을 처분하고 싶어 이리저리 궁리하느라 잠을 설쳤다. 책장이 높지는 않지만 옆으로 벌어져 괜히 자리만 차지한다. 너 때문에 소파를 들여놓지 못하잖아. 책장을 버리려면 먼저 책을 정리해야 한다. 쓱 둘러보니 크게 아까운 책은 없다. 대개 미술서적과 역사책 그리고 1년에 한 번도 들추지 않는 불어사전 독어사전 한자옥편. 영한사전이 왜 이리 많나. 내게 "직업이 번역가냐"고 묻던 이삿짐 아저씨도 있었다. 인터넷 시대로 접어들며 사전을 펼치는 일이 드물어졌다. 그렇다고 버리자니 아깝다. 나는 책 욕심이 없어 이사할 때마다 중고 책방이나 친구들에게 책을 줘버려, 나중에 글을 쓸 때 내가 읽었던 한 구절을 인용하고 싶어 책장을 뒤지다 책이 없어 결국 다시 사기도 한다.

외국어 사전들을 여태 껴안고 사는 걸 보면 내게 외국어에 대한 애정이 깊나? 외국어가 아니라 외국에 대한 집착 아닐까. 지겨워하면서도 이 나라를 떠나지 못한 나. 코로나 때문에 발이 묶여 멀리 가지 못하니 가까운 집이라도 바꾸고 싶어, 가구 배치를 다시 하고 싶은데 혼자서 장롱을 옮기지 못해 친구들을 부르고 생난리를 쳤다. 나는 내가 사는 공간을 꾸미는 것을 좋아한다. 6개월에 한 번 집을 바꾸든가, 그게 안 되면 가구와 인테리어라도 바꾸고 싶다. 내겐 새 옷을 입고 싶은 욕망보다 새로운 곳에 살고 싶은 욕망이 더 크다. 겨울 한파에도 수도가 얼어터지지 않게 집안에 세탁기가 있고 붙박이 장롱에 가구는 최소한으로, 침대와 책상 그리고 소파만 들여놓고 우아하게 살고 싶어.

토요일이면 가슴이 두근거린다. TV5 Monde에서 방영하는 "라메종(La maison)"을 보려고 토요일엔 약속을 잡지 않고 점심도 집에서 해결한다. 프랑스의 오래된 마을과 새로 단장한 집들, 건축과 실내 인테리어 그리고 그곳에 사는 장인들을 보여주는 프로그램인데 그 아름다움에 매혹되어 토요일마다 본방사수! 프랑스 사람들도 수납 공간에 집착한다는 사실이 재미있었다. 매회 인테리어 전문가가 한 집을 방문해 집의 일부를 새로 꾸며주는데, 고치기 전의 공간이 내겐 더 멋져 보일 때가 많았다.

월요일 저녁의 재방송도 놓치지 않으려 휴대전화 달력에 표시해두었다. 그처럼 멋진 곳에 살지는 못하더라도 구경이라도 하고 싶어. 보기만 해도 행복해지는 이 기분을 누가 알아주든 말든. 너까짓 게 참나무로 만든 싱크대며 벤치가 놓인 현관이 가당키나 하나? 누가 비웃을지라도 꿈이라도 예쁘게 꾸고 살자.

(헤럴드경제, 2021년 1월)

우울을 넘어

미얀마에서 예멘에서 소련에서 도처에 죽음이 널려있는데, 뉴스에 나오는 학살 장면을 차마 볼 수 없어 텔레비전 채널을 돌린다. 지금 미얀마 사태의 열쇠를 쥐고 비극을 막을 수 있는 나라는 중국이다. 미얀마 군부와 사전에 모종의 교감을 한 게 아닌가? 공감은 아니더라도 쿠데타 지휘부에 침묵의 사인을 준 게 아닌가? 가장 강력한 이웃인 중국이 가만있으니 미얀마 군부도 겁날 게 없다.

아웅산 수치의 잘못도 있다. 미얀마의 실질적인 통치자가 된 뒤에 군부를 길들일 시간이 충분했을 텐데, 정부군에 의한 소수 민족 무슬림 인종 청소를 묵인하며 그녀는 군부세력 견제에 실패하지 않았나.

이런 이야기를 내가 한국 신문에 해봤자 미얀마에 들리지도 않는다. 차라리 미얀마에 마스크나 의약품을 보내는 게 낫지. 코로나에 갇혀 스트레스를 마땅히 풀 데가 없다. 수영장은 문을 닫았고 친구들과 술도 못 마신다. 이미출판사 매출이 지난달에 최저치를 기록했는데 5인 이상 모임이 금지되어 책을 홍보할 방법이 없다. 인터넷에 서툴어 요즘 대세인 유튜브나 '줌zoom'을 이용한 독자와의 대화는 엄두도 못 낸다.

코로나 이후 출판계에도 부익부 빈익빈이 심화되어 광고를 많이 하는 출판사에서 나온 책들에 독자들이 몰리고 1인 출판사는 고사 직전이다. 인터넷 서점이나 전자책 선호도가 높아지면서 광고에 자주 노출된 책들과 그렇지 않은 책들이 받는 대접이 크게 달라졌다. 예전에는 실용서나 아이들 참고서를 사려 서점 매장에 들렀다 시집에도 눈길을 주는 독자들이 있었는데, 지금은 검색창 첫 화면에 뜨는 책들만 베스트셀러가 된다. 비싼 광고비를 감당하기 힘든 작은 출판사들은 낭독회나 사인회를 하지 않으면 신간을 홍보하기 어렵다.

1인출판사를 차렸는데 상황이 좋지 않다고 책을 내지 않을 수도 없어 신간시집을 준비 중이다. 발동이 걸려 매일 시를 쓴다. 어제의 시를 고치고 마트에서 장을 보았다. 별로 산 것도 없는데 5만원이 찍힌다. 물가가 얼마나 올랐는지. 내가 자주 찾는 동네식당의 떡만두국 값이 2천원이나 올랐다. 자영업자 지원금을 받지 않아도 좋으니 10인 이하 모임을 허락해주기 바란다. 경제활동을 위해서만이 아니다. 코로나19로 '집 콕'이 지속되면서 내 주변 지인들 대부분이 우울증을 호소하고 있다.

백신이 나왔지만 코로나바이러스는 금방 사라지지 않을 것이다. 14세기 창궐한 흑사병은 18세기까지 유럽인을 괴롭혔다. 바이러스를 완전히 막겠다, 코로나와 싸워 이기겠다는 것은 인류의 오만이다. 좀 더 간단하고 효과적인 방역 지침이 나오기를 기대한다.

(헤럴드경제, 2021년 3월)

봄날에 아파트

4월 초인데 벌써 봄꽃들이 다 피었다. 마스크를 써서 꽃향기를 맡지 못하는 게 유감이나 눈이라도 실컷 호강해야지. 눈이 부시게 하얀 목련, 벌써 지려고 가장자리가 까맣게 타들어가는 꽃잎을 보며 내 가슴이 타들어간다. 봄날은 짧다. 아름다운 것들은 다 순간이다. 아쉬웠던 내 인생의 봄날을 목련 그늘에 묻고 눈을 들어 현재를 즐기려는데, 금방 시들어 버릴 꽃잎들을 하나하나 감상하려는데 방해꾼이 앞을 가로막는다.

아파트 승강기를 교체하는 게 뭐 대수로운 일이라고, 내가 사는 단지 안에 '경축 : OO단지 승강기 교체'라고 쓰인 커다란 현수막이 걸렸다. 주민이 내는 관리비를 저런 쓸데없는 데 낭비하다니. 이것도 적폐 아닌가. 벚꽃 목련 동백 개나리… 화사하게 피어난

봄의 정취를 가로막은 현수막이 보기 싫어 그 앞을 지날 때마다 나는 결심한다. 가을에 이사 가야지. 이런 유치찬란한 현수막을 보지 않아도 되는 서울의 모처로 이사 가야지. 승강기를 교체하느라 어제부터 엘리베이터가 작동하지 않는다.

왜 그리 이사를 자주 했을까? 나도 이사를 좋아하지는 않는다. 그러고 싶어 그런 게 아니라 어떻게 살다 보니 그렇게 됐다. 해외여행이고 뭐고 다 집어치우고 대출받아 내 집부터 장만해야 했는데… 결국 내 빚이라 생각해 주택담보대출 신청을 꺼렸다. 꼭 돈 문제만이 아니다. 나는 한 군데 오래 못 있는 사람. 한 곳에 정이 붙을 만하면 떠나고 싶어 몸이 근질거렸다. 그렇게 받기 싫어하던 대출을 받아 장만한 작은 아파트에서 며칠 뒤로 다가온 서울시장 선거를 생각하니 한숨이 나온다. 누가 시장이 되든지 내가 사랑하는 서울이 공사판이 되겠지. 한동안 시멘트 가루가 날리고 땅을 파헤치는 소음이 고막을 찢겠지.

서울이든 지방이든 고층 아파트 단지가 새로 들어서는 것에 나는 반대한다. 승강기가 없어도 계단을 오르내릴 수 있는 5층 이하의 아담하고 예쁜 집을 지으면 안 되나? 너무 높아 끝이 보이지도 않는 고층빌딩이 어디가 좋은지…

(헤럴드경제, 2021년 4월)

비트코인과 공항철도

시집 『공항철도』 발간을 앞두고 아파트 승강기가 멈추었다. 승강기를 교체한다고 운행을 멈추어 4월 초부터 한 달 간 생필품을 배낭에 메고 계단을 오르내렸다. 마침 생수와 쌀이 떨어졌는데, 승강기 교체 안내 방송을 했다는데 시집 준비하는 내 귀에 들리지 않았다. 꼭대기 12층에 사는 사람들을 생각하면 중간층인 내가 불평할 처지가 아니다. 수돗물을 끓여 마셨고 급할 때는 수도꼭지에서 나오는 물을 들이켰다. 며칠 지나 승강기 없는 삶에 익숙해졌는데, 신간홍보용 책 상자를 받을 수 없는 게 문제였다. 시집 50부를 들고 계단을 올라가기 싫어 경비실에 택배를 보관해달라고 부탁했다.

시집 홍보가 내겐 가장 어렵다. 문학 담당 기자들이 자주 바뀌어 이메일 주소를 아는 것도 쉬운 일은 아니다. 「3월」을 읽으며 온라인 기자간담회를 시작했다. 봄을 열었으나 봄에 잊혀진 3월. 날씨에 대한 이야기로 시작했는데 쓰다 보니 사회와 역사에 대한 발언으로 이어졌다. 간담회 마치고 코냑 두 잔을 마셨다. 책은 기대에 미치지 못하나 며칠 전에 2쇄를 발주했다. 시집에 나오는 몇몇 표현 때문에 내 시의 오랜 애독자와 친구도 잃을지 모른다고 걱정했는데, 친구 M에게서 "이번 시집 너무 좋다. 시를 읽다 여러 번 깜짝깜짝 놀랐다. 버릴 시 하나도 없다"는 말을 들었다.

내가 펴낸 6권의 시집을 다 읽은 그녀를 놀라게 했으니, 새로운 무언가를 창조했다는 기쁨이 몰려왔다. 그녀는 특히 「공항철도」와 「3월」이 좋다고 했다. 「3월」을 완성한 뒤에 시를 발표하고 싶어 시집 출간을 서둘렀다. 시 청탁이 안 오니 시집을 발간할 수밖에…. 미투 이후로 청탁이 뜸해져 최근 2년 간 내가 문예지에 발표한 시는 『시와 편견』에 실린 「너무 늦은 첫눈」뿐.

출판사를 운영하면 내 책을 누가 샀는지, 성별과 연령층을 알 수 있다. 내 시집의 주된 독자는 50대, 60대 그리고 40대. 서점의 판매통계를 보면 『공항철도』를 가장 덜 구매하는 계층은 20대와 30대 젊은이들이다.

그 이유를 나보다 젊은 친구에게 물어봤더니 "요새 젊은 사람들은 비트코인에 빠졌어요. 365일 24시간 비트코인 하느라 책 안 읽어요"라는 답이 돌아왔다. 코로나19 이후로 콘서트나 낭독회 등 대면 문화행사가 없어져 문화욕구를 분출할 데도 없고, 미래는 불안해 가진 돈 탈탈 털어 비트코인 사고 수시로 휴대전화를 열어 등락을 확인한다고 한다. 그녀도 비트코인으로 돈을 두 배로 불렸다.

'젊은 시선을 붙들려면 나도 책 광고를 해야 하나?' 고민하는 내게 그녀가 말했다. "광고를 봤다 해도 '최영미 시집이 나왔나 보다'하지 책 안 사요."

요즘 서점 판매대는 자기개발서나 투자 관련서적, 아니면 판타지 소설이 점령하고 있다. 시는 한가한 눈에만 보이는 기쁨. 내 그걸 모르지 않았으나 그래도… 헛되고 헛되며 모든 것이 헛되도다.

(헤럴드경제, 2021년 5월)

냉동열차

며칠 전 전주에서 문학강연이 있었다. 오전 10시 30분에 시작하는 도서관 강의에 늦지 않으려고 아침에 먹을 고구마와 달걀을 그 전날 밤에 쪄 두고 잠자리에 들었다. 젊었을 때는 끼니를 거르고도 아무렇지 않았는데 코로나가 온 뒤부터 삼시 세끼를 챙겨먹는다. 코로나가 많은 것을 바꿔놓았다. 감기에 걸리지 않으려 내가 얼마나 몸을 아꼈나. 피곤하지 않게 일정을 조정하고 허튼 약속을 삼가며 장거리 이동을 자제했다. 감기에 걸릴 자유를 나는 잃었다. 아침을 거르고 빈속에 강의를 해? 그러다 아프면 그러다 코로나에 걸리면 큰일이니까 몸을 위해 미리 챙겨먹는다.

새벽에 일어나 고구마와 달걀 그리고 요구르트에 사과 반쪽과 귤을 먹었다. 평소보다 든든하게 배를 채운 뒤 버스를 타고 디지

털미디어시티 역에 내렸다. 오전 7시 45분 용산에서 떠나는 전주행 KTX를 타려면 DMC 역에서 7시 전에 경의중앙선을 타야 하는데, 현재 시간이 궁금해 역사 앞을 두리번거려도 시계가 보이지 않았다. 예전에는 모든 기차역 역사 정문에 시계가 있지 않았나. 요즘엔 어디를 가도 시계가 보이지 않는다. 역사 안에 들어서니 2층에 둥근 벽시계가 보였다.

열차 안이 추웠다. 에어컨을 끄고 싶은데 냉방 조절장치가 보이지 않아 얼음지옥에 갇혀 2시간을 떨었다. 나는 더위에는 강하나 추위에 약하다. 긴팔 재킷을 걸치고 긴 바지에 양말을 신었는데도 한기가 느껴져 참다못해 좌석에서 일어나 통로로 나갔다. 바깥 공기가 들어와 덜 춥겠거니 기대했는데 웬걸, 여기도 에어컨이 씽씽 돌아가네. 아 대한민국, 언제부터 우리가 에어컨을 틀었다고 7월 복중도 아닌 6월에 새벽열차를 냉동칸으로 만드나? 석유 한 방울 나지 않으면서 기름 낭비가 심하다.

30도가 넘는 여름날에도 베를린의 버스는 에어컨을 틀지 않았다. 내가 갔던 유럽의 도시에는 버스와 전차에 에어컨이 달려 있지 않았다. 코로나바이러스를 막으려면 자주 환기하는 게 좋은데 열차 창문을 아예 열지도 못하게 만들었다. 기계라면 환장하는 조선, 촌스러운 아시아에 사는 나를 탓할 수밖에. 1년 내내 대중교통에 에어컨을 돌리는 홍콩에 비하면 우리는 좀 나은 건가.

지구 온난화를 막자고 말만 하지 말고 실천을 하자. 우리 사회는 에너지를 절약하는 노력을 너무 안 한다. 밤늦은 시각, 텅 빈 거리에 미친 듯 환하게 깜빡이는 전광판 네온사인들. 머지않은 미래에 우리는 생활 에너지 부족에 허덕일지도 모른다.

열차에도 에어컨을 틀지 않은 칸을 하나쯤 운영하면 좋겠다. 물론 창문은 열게 하시고. 2013년 소설 『청동정원』을 잡지에 연재하던 여름, 마감에 쫓겨 글을 쓰며 내 생애 처음 에어컨을 사기는 했다. 그해 여름에 잠깐 틀고 창고에 넣어둔 에어컨. 오래 쓰지 않아 지금 고장났는지도 모르겠다.

(헤럴드경제, 2021년 6월)

가장 강력한 마약

'집수리를 하면 10년 늙는다'는 글을 어디선가 봤는데 언뜻 이해되지 않았다. 내가 원하는 대로 집을 고치면 기분이 좋을 텐데 10년은 더 젊어지지 않을까? 서울에 작은 집을 장만하고 집수리를 하느라 동분서주 난리를 치고 보름쯤 지나 그 이유를 알게 되었다. 내 돈 들여 마루 깔고 도배하고 가구를 들여 놓았는데 마음에 들지 않았다. 마루는 더 밝은 색을 깔아야 했고 캐비닛과 책장은 매장에서 본 것과 색깔과 질감이 달랐다. 다른 가구들과 어울리지 않는 수납장에 시선이 갈 때마다 괜한 돈을 썼다는 후회가 든다.

이사하기 전부터 고양시와 서울을 버스로 오가며 원정 집수리를 하느라 몸이 고단했다. 전세나 월세 집을 옮길 때는 거주지만 바뀔 뿐 가구나 살림이 그대로라 크게 바뀔 게 없어서 일이 적었다. 벽지가 더러우면 도배를 하고 수도꼭지가 뻑뻑하면 새로 갈고 이사 뒤 며칠 지나면 정리가 끝나 편안히 지낼 수 있었다.

그런데 이번엔 달랐다. 내 집이기에, 내 생애 마지막 집이 될지도 모른다는 생각에 돈과 에너지를 들여 꾸미고 싶었다. 자다가 벌떡 일어나 가구배치를 다시 했다. 바닥에 생긴 작은 스크래치를 보고 심란해 입맛을 잃고 (식탁을 배송하며 내가 아끼는 마루에 전동드릴을 던져 흠집을 낸 L가구 기사에게 저주를!) 천장의 희미한 얼룩도 참지 못해 의자를 놓고 올라가 박박 닦느라 손이 아프다.

커튼을 달고서야 마음이 편해지며 그제야 내 집 같았다. 아침 햇살이 눈을 찌를 듯해 온갖 사이트를 염탐해 고르고 골라 이케아 커튼을 달았는데 커튼 단 뒤부터 흐린 날의 연속, 잠이 더 잘 오는 것 같지도 않지만 우아한 분홍색이 일렁이는 창가를 쳐다보면 기분이 좋아진다.

서울의 오래된 동네에 급매로 시세보다 싸게 나온 집을 보자마자 계약한 뒤 고민이 시작되었다. 앉으나 서나 마루 생각. 시중에 파는 타일 중에 마음에 드는 색이 없어 욕실 바닥수리는 포기. 수리비가 너무 비쌌다. 비싸더라도 내 맘에 들게 고칠까. 인테리어

업체에 서너 번 전화를 돌린 뒤 간신히 통화할 수 있었다. 아파트 평수를 말하며 내 간은 오그라들었다. 그렇게 작은 집은 (작업) 안 한다, 3000만원 넘는 공사만 견적을 본다는 말을 하더니 전화가 끊겼다. 작아도 편하고 예쁜 집을 꿈꾸던 내 머리에 금이 가고 무언가 어긋나는 소리가 들렸다.

고양시 아파트를 팔아 잔금 치르고 세금과 이사비용을 내고나면 딱 거기까지. 대출 안 받아도 되는데 인테리어하려고 은행에 돈을 빌려? 싱크대는 포기하고 마루만 교체할까? 서울의 정든 동네에 집을 샀다는 만족감에 취해 낡고 불편해도 참고 살까? 고민을 거듭하다 바닥공사와 도배, 욕실의 세면대 유리만 교체했다. 부엌의 가스레인지를 전기로 교체하고 빌트인 세탁기를 새것으로 바꾸었다. 무언가를 바꿀 때마다 시간을 잡아먹고 (온종일 기다려도 오지 않는 기사들 비위 맞추느라 내 입이 부드러워졌다) 일꾼들이 가고 난 뒤 먼지를 닦고 소독하고 청소하느라 병이 날 지경. 나도 모르게 손과 다리에 시퍼런 멍이 들었고 팔꿈치가 저렸다.

집에 미쳐 신간 시집 『공항철도』 홍보도 하지 못하고 파티션과 가벽을 검색하느라 세상만사 나 몰라라 텔레비전 뉴스도 보는 둥마는 둥, 그렇게 좋아하던 가을 야구도 눈에 들어오지 않으니, 공간에 대한 욕망만큼 강력한 마약은 없는 것 같다.

(헤럴드경제, 2021년 11월)

건강보험료 30만원

11월 건강보험료 고지서를 받아들고 깜짝 놀랐다. 보험료 299,980원! 보험료 산정 안내문에는 소득 전월 281점, 당월 923점이 적혀 있고, 재산세 과표금액 증가를 변동사유로 적어놓았다. 코로나 때문에 지난해 소득이 줄었는데… 책도 덜 팔리고, 강의도 거의 못하고, 원고료도 얼마 못 받았는데 도무지 이해가 되지 않았다. 건강보험 지역가입자인 나는 지난 십여 년간, 한 달에 10만~15만원의 건강보험료를 냈다. 그것도 때로 부담스러웠다. 작가라는 직업 특성상 수입이 일정치 않아 수입이 1000만 원 안 되는 해도 있었다.

1인 가구에 3억 미만의 집 하나가 재산의 전부인 내가, 자동차도 없고 월급 나올 데도 없는 1인 출판사 대표가, 사업소득과 원고료 강연료를 합해 지난해 소득이 2000만원 안팎인 내가 건강보험료 30만원? 말도 안 돼! 치과에서 스케일링을 받거나 잇몸치료 빼고는 딱히 병원비를 낼 일도 없는데 건강보험료를 매달 30만원씩 내야 한다는 게 억울했다.

차라리 건강보험을 탈퇴해야겠다, 인터넷 검색창에 '건강보험 탈퇴'를 치고 밑에 올라온 글들을 읽어 봤다. 건강보험은 탈퇴가 불가하다. 대한민국 국민 누구나 납부해야 하는 일종의 세금 같은 것이다. 탈퇴하려면 외국으로 이민 가는 방법밖에 없다.

'건강보험공단에 어떻게 된 일인지 따져 봐야지.'

오래 기다려 통화가 되었다.

"작년도 신고소득이 늘었어요. 집 파셨죠? 그거 아직 반영 안 돼 고지서 나간 건데, 다음 달부터는 좀 더 오를 겁니다." 아이고, 이건 혹을 떼려다 혹을 붙인 꼴이 되었네. 다음 달부터 31만 몇 천 원을 내야 한다는 말에 기가 막히지도 않았다. "소득세 신고가 잘못 됐을 수도 있으니 세무서에 가서 확인해 보라" 는 말을 듣고 전화를 끊었다.

최근에 경기도 고양시에서 서울로 이사했지만 내가 구입한 서울의 아파트값은 (내가 매도한) 고양시의 22평 아파트보다 몇 천

만원 싸다. '부동산 재산이 줄었는데 왜 더 내야 하는데?'

관할 세무서에 갔다. 내 차례가 돼 건강보험료 고지서를 손에 들고 짧게 요점만 말했다. 매출계산서는 얼마를 발행했지만 실제 소득은 적다. 작년에 인터파크 송인서적이 부도나기 전에 발행한 계산서 중에 몇백만 원은 받지 못했다는 이야기는 하지 않았다. 바쁜 세무서 직원에게 시시콜콜 다 말하면 안 된다는 정도의 상식은 내게도 있다.

"수입과 소득은 다르다. 신고가 그렇게 돼서 어쩔 수 없다. 신고 소득이 늘어 보험료가 높게 나온 것이다. 시정하려면 신고한 세무사에게 연락해라. 수정하려면 증빙자료가 필요하다"는 말을 하고 세무서 직원이 프린터로 뽑아준 서류들의 부피가 엄청났다.

뭔 말인지 모르겠는 제목의 서류들을 쓱쓱 넘기다 '총수입금액 및 필요경비명세서'를 봤다. 매출액 3505만7000원, 당기매입액 1372만5057원, 필요경비의 일반관리비 항목은 '0'의 행진. 급료 0, 제세공과금 0, 접대비 0, 소모품비 0, 광고선전비 0, 여비교통비 0… 지급수수료 700여만원을 빼고 모두 '0'이 찍히다니. 뭔가 잘못되었다. 신간을 출간하며 홍보비도 조금 나갔고 접대비 교통비도 나갔는데 세무사가 몰라서 신고 안 했구나. 의사소통에 실패한 내 잘못이지 뭐.

페이스북에 '건강보험료 30만원 낸다'는 글을 올리고 나는 덧붙였다.

"더는 제게 가난한 시인이라고 말하지 마세요."

(헤럴드경제, 2021년 12월)

언어의 타락?

"부모 찬스, 입시용 기부 스펙 쌓기, 셀프 기사 작성 등 허위 스펙 풀코스를 거친 것 같다." "검수완박과 같은 대형 이슈에 묻혀…"

어느 날 대한민국의 신문과 방송에 등장한 기사를 보며 눈이 피곤했다. 눈만 아니라 자존심도 상했다. '찬스'가 무슨 뜻인지는 나도 안다. '스펙'과 '검수완박'이 무슨 뜻인지 지금은 알지만 한두 해 전에 인터넷 검색창에 '스펙'과 '검수완박'을 친 적이 있다. 문단 안팎에서 '모던 걸'로 통하는 내가 이럴진대, 우리 할머니가 살아서 텔레비전을 보신다면 "저게 뭔 말이냐?"고 내게 물으실지도 모른다.

“당신을 인싸로 만들어 줄 패션템.” 인싸? 내가 모르는 단어들이 늘어나고 있다. ‘인싸’에 환호하는 젊은 세대에 이질감을 느끼는 나.

아니 더 솔직히 말하자. 지하철 광고판에 버젓이 등장한 ‘득템’ ‘지름신’에 분노하지 않았나. 나의 시집 『공항철도』를 읽고 누군가 인터넷 서점에 남긴 서평에 등장한 ‘ㅇㄱㄹㅇ’이 무슨 뜻인지? 아무리 머리를 굴려도 답이 나오지 않아 결국 네이버에 들어가 세종대왕이 만드신 위대한 한글의 초성 네 자를 검색하고 나는 웃었다. “이거 리얼(real)”! 한글과 영어의 생뚱맞은 조합이나 내 시를 칭찬하는 말이라니 왜 이리 귀여운지. 아~간사한 인간이여.

손전화의 전원을 켜고 ‘득템’을 검색하고 노안이 와서 침침해진 눈을 비비며, 내 눈을 더 침침하게 만드는 국적불명의 신조어를 퍼뜨리는 이들에 대해 분노를 넘어… 내가 그들을 경멸할 자격은 없다. 사회의 변화를 따라 잡지 못해 허둥지둥 뒤에서 한탄하며 서운함을 삼키는 할머니가 되고 싶지는 않다. 그래서 나는 지금 정식으로 문제 제기를 하려고 한다.

상점에 가면 흔히 듣는 “바코드를 스캔해주세요”에 불편함을 인지하지 못한 내가 왜 ‘득템’과 ‘스펙’에 분노하나. 외래어는 나도 쓴다. 어제 페이스북에 새 글을 올리며 “5월에 스케줄이 몇 개 잡혔어요”라고 쓰고 난 뒤에 뒤가 캥겨서 ‘스케줄’을 우리말로 바꾸려다 관두었다. ‘계획’이나 ‘행사’로 바꾸려니 너무 거창한 느낌이 들었다. ‘스케줄(schedule)’처럼 뿌리가 분명한 외래어, 한글로 표기된 단어를 그대로 발음하여도 원어의 뜻을 왜곡시키지 않는 외래어는 써도 괜찮지 않을까. 한글로 대체가 불가능한 ‘페이스북’을 ‘얼굴 공책’이라고 굳이 한글로 풀어서 표기하는 것도 어색하다.

문제는 한글과 외래어 혹은 한자와 외래어의 조합이다. ‘득템(得item)’처럼 한자와 외래어를 마치 한 단어처럼 붙여 쓰는 경우, 처음 듣는 사람은 무슨 말인지 알아듣기 힘들다. 북한 이탈주민이나 한국어를 배우는 외국인들이 가장 어려워하는 게 한글과 외래어가 섞인 표현이라고 한다. ‘퓨전 푸드’에는 거부감이 없는데 왜 ‘퓨전 표현’에는 거부감을 느낄까. 사실 나는 퓨전 푸드를 좋아하지 않는다. 떡을 넣거나 불고기를 넣은 샌드위치를 호기심에 한두 번 맛본 적은 있으나 내 돈 내고 다시 사 먹고 싶지 않다.

“리키 파울러가 134야드 거리에서 시도한 샷을 그대로 홀 안에 넣었지만 결과는 보기인 장면을 연출하였다.” 물론 ‘샷’이나

‘보기’가 골프 용어라는 건 나도 알지만 ‘보기’가 무슨 뜻인지 나는 모른다. 알고 싶지도 않다. 내 생활과 아무 관계가 없는 말이기에… 어떤 외래어는 낯섦을 넘어 계급 의식을 드러내 나를 불편하게 하기도 한다.

(헤럴드경제, 2022년 5월)

카페 하나를 독차지하고

지구가 점점 뜨거워지고 있다. 이스탄불 행 비행기 표를 환불하고 국외든 국내든 어디로도 휴가를 떠나지 않고 내 집, 내 동네에서 하루하루를 견디고 있다. 방에 벽걸이 에어컨을 설치했지만 아침과 저녁에 잠깐 돌리고 차가운 바람이 팔뚝에 닿으면 에어컨 전원을 끈다.

느릿느릿 책 읽는 시늉을 하며 야구 경기가 시작되는 저녁을 기다린다. 내가 응원하는 팀이 경기에 져도 그다지 기분이 나쁘지 않다. 선수들을 믿지 않는 감독은 우승컵을 들어 올릴 자격이 없다. 선발투수를 너무 빨리 교체한 감독을 원망하다가도 금방 용서한다. 이건 게임이니까, 경기에 졌다고 세상이 달라지거나 내 삶이 변하는 건 아니다. 원고 마감이 닥친 날은 노트북을 들고 집 근처 카페에 간다.

원래 내 집에서 글을 쓰는데 올여름 더위는 견디기 힘들어 카페 창가에 앉아 자판기를 두드린다. 집 근처 카페 서너 곳을 옮겨 다니는데 주인이나 종업원이 너무 젊은 카페는 피한다. 주인이 젊은 A카페는 냉방이 심해 내가 좋아하는 수박주스만 마시고 금방 나온다. 주인이 50대인 B카페는 냉방이 적당하나 수박주스가 A카페만큼 맛있지 않다. 냉장이 아니라 냉동한 수박을 물과 함께 믹서에 갈아 내놓는데 주스가 어찌나 차가운지 2시간이 지나 노트북 배터리가 바닥 나 경고문이 뜰 때까지 차가움이 식지 않는다. 노트북 배터리가 떨어지기 전에 원고를 마감하려고 바쁘게 손을 놀린다. 예전에는 수필 하나 쓰려면 하루종일 다듬고 고쳤는데 나이가 들면서 글을 쓰는 속도가 빨라졌다.

오전에 서점 주문을 물류회사에 전달하고 소소한 일들을 처리하고 점심을 먹은 뒤 오후 2시쯤 글을 쓰기 위해 책상에 앉았는데 요즘은 서점 주문이 뜸해 오전 시간이 한가해졌다. 주마다 칼럼을 연재하는 C신문사에 실수로 원고를 두 번이나 잘못 보낸 뒤 나는 정신이 맑은 아침에 글을 쓰기 시작했다.

원고를 첨부 안 하고 제목만 달랑 보낸 e-메일을 뒤늦게 확인하고 부랴부랴 서둘러 보낸 원고는 나중에 알고 보니 엉뚱한 원고였다. D잡지사에 이미 보낸 에세이 원고를 C신문사에 주다니! 더

워서 내 머리가 어떻게 됐나 보다. 작가 인생 30년 동안 한 번도 하지 않은 실수를 한 뒤 나는 에어컨을 교체했다. 오전에 원고를 마감하고 오후부터 빈둥거리는 재미가 쏠쏠 시원하다.

(헤럴드경제, 2022년 7월)

입추에 물난리

여기가 21세기 대한민국이 맞나? 기습 폭우로 아파트 주차장이 물에 잠기고 서울이 자랑하는 강남이 물바다가 되었다. 심지어 대통령이 거주하는 서초동 자택 주변도 침수되어 중앙재난 안전대책본부와 수해 현장에 가려고 해도 자택 주변 도로가 막혀 갈 수 없었다고 한다. 폭우로 인한 침수 피해로 9명이 사망하고 6명이 실종되었고 관악구 신림동 반(半)지하 주택에 살던 발달장애 가족이 문을 열지 못해 사망하는 사고가 발생했다.

건축법을 개정해 앞으로 짓는 건물들은 지하나 반지하에 주거용 방을 만들지 못하게 해야 한다. 지금 있는 건물들도 반지하나 지하 방을 주거용으로 사용하지 못하게 하고, 반지하에 세를 못 주게 하고, 지하 공간에 살고 있는 주민들의 실태를 파악해 전부 지상으로 옮기는 방안을 마련해야 한다.

아무리 가난해도 태양 빛을 쬘 권리는 있다.

청와대 그 넓고 해 잘 드는 곳에 장애인 가족을 위한 빌라와 지자체에서 운영하는 노인요양시설을 짓기 바란다. 푸른 기와의 집을 누구를 기념하는 문화시설로 개조하지 말고, 죽음으로 내몰리는 취약계층을 위한 거주지로 만들기를 제안한다. IT 강국 대한민국에서 소외되었던 이들에게 햇볕을 쬐게 하고 서러운 지하 생활자들에게도 인간다운 삶을 보장하라. 정치가 모든 것을 해결할 수는 없다. 그러나 정책 입안자들이 정책 우선순위를 조금 바꾸기만 해도 보통사람들 삶의 질이 달라진다.

사고가 터진 뒤에 말로만 수습책을 지시하지 말고 어떻게 하면 이런 재난을 피할 수 있는지, 인재를 최소화할 근본적인 대책을 마련해야 한다. 입으로만 취약계층을 돌본다고 생색내지 말고 공무원들이 일을 제대로 하기 바란다.

그들이 정글에 사는 동물이었다면 사나운 비를 피해 어디론가 내달려 나무 밑이나 동굴에 숨어 비가 그치기를 기다렸을 텐데, 비가 들이닥쳐 문을 열지 못해 모녀가 죽었다니. 자연의 변화 앞에 인간이 얼마나 나약한지. 유럽은 펄펄 끓고 있고 산불과 폭염 폭우로 전 세계가 비상사태다. 코로나바이러스나 전쟁보다 기후 변화가 나는 더 무섭다.

영국이 섭씨 40도라고! 150년 만의 폭염과 100년 만의 폭우. 이상 기후가 어느새 일상이 되었다. 한반도뿐만 아니라 전 지구가 올해처럼 기후 변화로 몸살을 앓은 해도 없었던 것 같다. 코로나에 가려졌지만 지금 우리를 가장 위협하는 위기는 기후 변화다. 지금 인류가 아무것도 하지 않는다면, 대재앙을 막기 위해 과감하고 선제적인 조치들을 취하지 않는다면 맑고 푸른 가을 하늘은 우리 세대에서 끝날지도 모른다. 가을을 잃어버리면 가을을 노래하는 시들도 사라지겠지.

기후 변화를 전담하는 부서를 신설해 미래의 재앙에 대비해야 한다. 가을이 지나 겨울이 오면 식량, 에너지 위기가 닥칠 것이다. 우크라이나 전쟁과 코로나로 심화된 식량 위기, 에너지 위기를 극복하고 식량과 에너지를 자급하는 선진국가로 가기 위해 지혜를 모아야 할 때다.

(『시사저널』 2022년 8월)

단순한 열정 혹은 사치

프랑스의 소설가 아니 에르노의 노벨문학상 수상 소식을 전하며 “한 남자, 혹은 한 여자에게 사랑의 열정을 느끼며 사는 것이 바로 사치가 아닐까”라는 에르노의 글을 인용하는 뉴스를 보고 나의 사치를 떠올렸다.

지금 내게 사치는 ‘약속 없이 혼자 카페에 들어가 아포가토나 에스프레소를 마시는 것’이다. 수영을 한 뒤 날아갈 듯 가벼운 몸으로 커피 전문점에 가서 에스프레소에 초콜릿 아이스크림을 얹은 아포가토를 야금야금 숟가락으로 떠먹는다. 나의 단순한 열정, 혹은 사치를 언제까지 누릴지. 일거리가 떨어지거나 기력이 쇠잔해 자주 아포가토를 즐기지 못할 그날이 오기 전에 실컷 즐겨야지.

올해 봄에 갑자기 어머니를 잃은 뒤 나는 자주 카페에 가게 되었다. 슬픈 소식을 들은 친구들이 나를 위로하며 카카오페이나 스타벅스 이용권을 카톡으로 보내주었는데, 선물함을 열고 친구들의 정성을 하루하루 맛있는 케이크나 음료로 바꾸어 먹으며 힘든 날들을 견뎠다.

'생돈 주고 커피 마시지 마라. 그거 다 낭비다'라는 어머니의 말씀에 어긋나지만, 전쟁과 가난을 동시에 겪지 않은 나는 일 없이 카페에 가는 게 괜한 낭비라는 생각이 들기도 하지만 카페인과 아이스크림에 중독되어 끊기가 쉽지 않다. 오십 세가 되기 전까지는 커피를 즐기지 않았다. 커피를 마시면 가슴이 울렁거리고 소변을 자주 봐야 하고, 한 잔만 마셔도 잠을 잘 자지 못했다. 커피 대신 홍차에 우유를 타서 마셨는데 사람들과 카페에서 브런치 모임을 하며 이디오피아 시다모의 맛을 알게 되었다. 진짜 커피를 처음 마신 날은 온종일 화장실을 들락거리기 바빴는데, 한두 번 마시다보니 중독되어 요즘은 오후 3시 이전에 마시는 커피는 내 잠에 방해가 되지 않는다. 저녁에는 카페인이 제거된 커피에 우유를 타서 마신다.

카페 문을 열고 들어가 내가 좋아하는 창가 좌석이 비었나? 두리번거린다. 지나가는 사람들, 멋지게 차려입은 젊은이들을 구경하며 '아 벌써 가을이군.' 모르고 지내던 계절 감각이 깨어난다. 카페 문을 열고 들어서는 저 중년의 여인과 중학생(?)은 어머니와 아들이겠지? 내 눈에 걸린 사람들을 한가로이 연구하며 시간을 죽인다. 저 젊은 남녀는 연인 사이인가? 남자도 여자도 멋있네. 어울리는 짝이라고 내가 짐작했던 남과 여는 카페에 들어오더니 남자는 이쪽으로, 여자는 저쪽을 향해 성큼성큼 걸어간다. 둘이 어울려 보였는데… 서로 모르는 사이라니. 이 세상에 얼마나 많은 이들이 자기에게 어울리는 짝을 만나는 행운을 누릴까.

신문이나 잡지사에 원고를 보내기 전후에 나는 고급 식당에 간다. 내 기준으로 고급이지만 부유한 어떤 이들에게는 중급일 수도 있는 백화점 식당이나 샐러드 바 같은 곳. 혼자 살며 영양소를 골고루 갖춘 식사를 하기 힘들어 건강을 위해 가끔 뷔페 식당에 간다. '오늘은 글을 썼으니까(혹은 글을 쓸 테니까) 잘 먹고 사치를 누릴 자격이 있어.' 내가 받을 원고료의 10분의 1 한도 내에서 메뉴를 고른다. 50만원짜리 수필을 쓴 날은 디저트를 합해 5만원 안팎을 식비로 쓴다. 하늘에 계신 어머니가 알면 '애야 있을 때 아껴야 한다'라고 말씀하시겠지만, 약간의 죄의식을 느끼며 호텔 조식을 즐긴다. 고급에 대한 나의 허기도 언젠가 멈추겠지. 허허로운 나의 단순한 열정, 혹은 사치를 당신도 이해하시겠지.

(헤럴드경제, 2022년 10월)

책을 내면서

오랜만에 산문집을 엮는다. 2020년에 출간한 『아무도 하지 못한 말』은 주로 SNS에 올린 글을 모았고, 본격적인 산문집은 『우연히 내 일기를 엿보게 될 사람에게』(2009) 이후 13년 만인 것 같다. 그동안 많은 일들이 있었다. 조용히 지내다가도 어딘가에 내 목소리와 흔적을 남겼다. 2013년부터 여기저기 기고한 글들을 주제와 분위기에 따라 3부로 나누었다. 1부에는 「진실이 너희를 자유롭게 하리라」, 「위선을 실천하는 문학」등 논쟁적이며 시사적인 글들이 많다. 신문에 에세이를 연재할 때 손해배상청구소송이 시작되어, 생활 수필이지만 재판 냄새가 나는 글들이 꽤 있다. 2부에는 축구 야구 수영 등 스포츠에 대한 글을 모았다. 2부의 마지막 꼭지는 카타르 월드컵 결승전을 보고 페이스북에 올린 글인데 재미삼아 넣었다. 운동장에 대한 나의 못 말리는 사랑을 고백하고 경기를 분석한 글들을 다시 읽으며 그동안 나를 지탱해준 열정이 스포츠였음을 확인했다. 3부에는 생활 속의 소소한 발견과 기쁨을 글로 담았다.

소중한 지면을 제공한 신문사와 잡지사 등 여러 매체에 고마움을 전하고 싶다. 기록하지 않으면 허공에 흩어졌을 시간들이 번듯한 형체를 갖추어 책이 되어 나왔으니, 문장이 모여 삶이 되었다고 말할 수 있으리. 내 글을 읽은 독자들, 내 편이 되어준 분들, 날 참아준 친구들과 지인들, 조현욱 변호사님을 비롯해 안서연 차미경 장윤미 서혜진 변호사님께 깊이 감사드린다. 여러분이 힘을 보태주어 승리했다. 이미출판사와 처음부터 동행했던 여현미 디자이너, 김소라 님, 봉주연 님 그리고 이런저런 도움을 준 사촌동생들과 새 책을 내는 기쁨을 나누고 싶다.

—2023년 2월, 서울에서 최영미

---

* 신문 잡지 등 매체에 발표했던 글들을 책으로 엮으며 문장을 다듬고 수정했음을 밝힙니다.

난 그 여자 불편해

초판 1쇄 인쇄 2023년 2월 13일
초판 1쇄 발행 2023년 2월 21일

지은이 최영미
편 집 김소라
디자인 여YEO디자인

펴낸이 최영미
펴낸곳 이미
출판등록 2019년 4월 2일 (제2019-000097호)
주소 서울시 마포구 마포대로 89 마포우체국 사서함 11
이메일 imibooks@nate.com
홈페이지 www.choiyoungmi.com
페이스북 www.facebook.com/youngmi.choi.96155

ISBN 979-11-981813-0-5 03810